补梦奇异馆

平行世界的
另一个你

补梦馆长

/ 著 /

百花洲文艺出版社

图书在版编目（CIP）数据

补梦奇异馆：平行世界的另一个你 / 补梦馆长著. — 南昌：百花洲文艺出版社, 2017. 10（2018.10重印）
ISBN 978-7-5500-2461-8

Ⅰ. ①补… Ⅱ. ①补… Ⅲ. ①短篇小说－小说集－中国－当代 Ⅳ. ①I247.7
中国版本图书馆CIP数据核字（2017）第244996号

补梦奇异馆：平行世界的另一个你
BUMENG QIYI GUAN PINGXING SHIJIE DE LING YI GE NI

作　　者	补梦馆长
出 版 人	姚雪雪
出 品 人	李吉军　张学龙
责任编辑	袁　蓉　兰　瑶
特约编辑	谭　欣
营销编辑	翟平华　姚　靖
封面设计	46设计
版式设计	山川设计事务所
封面插画	朴　缜
内文插画	布偶平
出版发行	百花洲文艺出版社
社　　址	南昌市红谷滩新区世贸路898号博能中心一期A座20楼
邮　　编	330038
经　　销	全国新华书店
印　　刷	北京金康利印刷有限公司
开　　本	787mm×1092mm 1/32
印　　张	10
版　　次	2017年10月第1版
印　　次	2018年10月第2次印刷
字　　数	210千字
书　　号	ISBN 978-7-5500-2461-8
定　　价	39.80元

赣版权登字 05-2017-405
版权所有，侵权必究
发行电话 0791-86895108
网　　址 http://www.bhzwy.com
图书若有印装错误，影响阅读，可向承印厂联系调换

[自序]

为了大家对接下来的幻想旅程
有个良好的开端

　　谁能想到，我十几万字的故事都写过来了，最后却卡在了这几百字的序言上了，实在是不知道如何下笔。

　　这种感觉就像是在上学时，自己能在底下偷摸地用一千字乱写出几千字奇奇怪怪的小说，结果一到作文课，那八百字分割线对我来说就像马拉松终点线，遥不可及。

　　我这个人真的是，对于十分正经的场景，总是有点紧张。

　　编辑大大找我写序，主要是大体介绍自己的创作感想。我本来想写，"哇，这本书，十分好看。悬疑、恐怖、暖心、脑洞、爱情，各种类型的故事都有啊，各种标签互相搭配的故事也有啊，大家快来看啊。"

　　但我担心有些朋友买此书送人时会特意把序言撕下再送。

　　为了大家对接下来的幻想旅程有个良好的开端。

我还是正经一些吧。

不管是做梦，还是睡前无聊时我自己都会脑补一些无头无尾的小剧情和可爱的人物。我一直觉得，自己把他们脑补出来后又不给人家一个合适的结局，有点太不负责任了。

所以，这本书所收录的故事，并不仅是一个作者坐在电脑前抖着腿敲字敲出来而已。它们可能真切地发生在别的地方，可能在梦里，或是别的次元，而我只是一不小心窥探到了那个世界。

每一个主角都有着鲜活的灵魂，他们会带着你去他们自己的世界冒险闯荡（好中二）。每位主角的命运都不会局限于我的文字，书中的故事也永远不会完结。

最后，感谢你们会喜欢。

补梦馆长

目录
-contents-

+ PREFACE 自序

+ CHAPTER 1 寂静岭

+ CHAPTER 2　童话镇

+ CHAPTER 3　臆想国

+ CHAPTER 4 科技城

寂静岭

[CHAPTER ONE]

有一个叫麦芽的女人，她会找到你，见到她时，别犹豫，开枪杀了她。

爆燃列车

我坐在动车的 4 号车厢上，车厢还没坐满，难以想象在"十一"假期这个节点上，还能坐上如此宽松的列车。

女朋友给我塞上耳机，里面传来舒缓的卡门曲调，窗外，数条电线杆整齐地从眼前划过，将外面的景象切割成一块块黑白老电影。

这个时候应该睡觉。

可身后那对男女一路上吵个不停。

"姑娘，你是自己旅行吗？"

"是啊，大叔。"

"呦，自己呀，自己好啊，自由，潇洒，这打算去哪啊？"

"先去大理。"

"大理好啊，大理，欸，不对啊，这车不走大理啊。"

"怎么会，车票上写着呢，直通大理。"

"可我票上写着是直通辽宁的啊。"

"怎么会这样。"

听到这儿，我从钱包里掏出了到西藏的车票，满脸疑惑。

这是我从一个旅游网站上订的票，会不会是工作人员搞错了，可如果出错，检票时工作人员应该会发现错误吧。

这时一个东北口音的高个子男生举着车票站起来了："大家的车票都写着到哪的啊？"

"北京。"

"新疆。"

"这趟车不走厦门吗？"

"这不是在这扯呢吗！"高个子摇摇头出来准备去找乘务员。

然而，连接别的车厢的通道门被锁住了。

大家开始慌了，纷纷拿出手机打电话，不出所料，手机没有信号。

现在只好等火车到站停靠了。

火车经过一个弯道时车厢内突然警铃大作。

"炸了！炸了！"有个女子在大叫。

随着声音向窗外望去，看到动车最后一节车厢被脱离了下来，蹿着火苗冒着浓烟，还可以隐约地看到，那节车厢里，还有很多人在痛苦地挣扎。

那是 1 号车厢。

车厢里的人开始骚动，有人砸玻璃、撞门，但毫无用处。

女朋友小影被吵醒了，我把耳机给她戴上，让她在这儿待着别乱动。

"喂，大家先冷静下来。先回座位上坐好。"我站在凳子上对他们喊道。

"你这不是在这扯呢吗，娘娘唧唧地，谁能听见？"高个子白了我一眼，站起来对着行李架使劲砸了几下，"都给我坐回去！你们一通乱砸，再把这节车厢砸爆了！咋整！"

他这招挺灵。

众人慌张地坐了回去，谁也不知道接下来该怎么办。

这时，连接 3 号车厢的通道门被打开了，众人转身望去，发现是一个穿着校服的学生紧张地走了进来，刚一进来，身后的门便"啪"的一声关上了。

学生端举着右手，环顾了一周，嘴里嘀咕着什么然后直直地向 5 号车厢走去。

他把手放在门旁边的感应器上，那门就开了，没等我们反应过来，那学生竟快速闪了进去，随后门就关上了。

我们见状，用自己的手去试，可并不能打开那门。

窗外，又传来一阵巨响。

2 号车厢也炸了。

那么接下来，就会轮到 3 号车厢，再然后就是……我们所在的 4 号车厢！

我心口突然一闷，再也冷静不下来，但看着戴着耳机睡觉的小影，我告诉自己，千万不能慌。

"刺啦……"

车厢里传来广播声。

是一个略显疲惫的男声：

"对不起各位，很不巧，我最近心情很糟糕，你们会陪我玩的对吧？"

那声音顿了一下继续说道：

"每隔一段时间，处于列车最后的那节车厢就会脱落爆炸。

"现在你们要选出一个人进入下一节车厢。进入后我会给他两个选择，一个是打开本车厢门把你们都放进去，暂时躲过一劫；另一个则是自己继续打开下一节车厢门，一个人连过两节车厢，让剩下的人待在原车厢，原车厢会脱离爆炸。

"对了，还有件事，那就是每节车厢所有人数的总和不能多于座位数，不然也会被炸，你们考虑一下吧，时间不多了，你们听。"

身后又是一阵巨响，3 号车厢也炸了。

所以，刚才进来的那个学生，就是之前车厢里被大家选出来的人，但是他辜负了众人的期望，选择了自己去 5 号车厢。

难道是因为我们这个车厢的人太多了？如果放他们进来，两节车厢的人都会因为超员被炸死。

纵使学生成功地让 3 号车厢的人移动到了我们 4 号车厢，那这时候 4 号车厢已经人满为患，很可能就不会有进去 5 号车厢的机会了吧。

所以，在这种规则下，肯定会有人被抛弃，会有人牺牲。

耳边的嘈杂声越来越大，众人争着想当那个进去开门的人，时间慢慢流逝，可还没选出个所以然来。

"我有个提议。"我使出最大的声音喊了出来，众人也暂时安静了下来。

"窗边那位女生，她一直戴着耳机睡觉，她什么事都不知道，不知道规则的人才是最安全的，我们只需要告诉她进去后给我们开门就好了。"我说。

万幸，众人都同意了我的提议。

我走回座位，把还在睡觉的小影拍醒。

"到站了吗？"小影揉揉眼睛。

小影刚进去 5 号车厢，我们所在的 4 号车厢便响起了警铃声，随后便是一阵震动，看来这节车厢马上就要脱离了，可前面的门始终没打开。

这时，那个大叔跑过来打了我一拳："你救了你女朋友，可害死了我们一车厢人。"

"什么？刚才那女的是他女朋友？"

"骗子！"

"自私的畜生！"

瞬时间，辱骂和殴打雨点般地向我袭来。

可小影，果然没有让我失望，她最终还是帮我们打开了门。

众人见到门开，便疯了似的从我身上踩过去，向5号车厢冲去。

小影过来将我扶了起来："其实手机早就没电了，我听到了规则。"

小影继续说道："我之所以等这么久才开门，是因为原来5号车厢的人太多，如果当时就开门，铁定会冲进来一大拨人，然后车厢就会炸，我在等原来5号车厢的人，全部移动进了6号车厢后才放你们进来。"

小影紧皱着眉头接着说："他们关门前我看了一下，6号车厢只空了不到5个座位，接下来可怎么办啊。"

突然一双大手将我俩拎了起来："都啥时候了，你俩还在这磨磨叽叽的。"

是那个东北高个子。他刚把我和小影推进5号车厢，身后的车厢连接处突然断裂，下一秒，4号车厢火光四起。

我们都松了一口气，幸好，幸好。

我们转身向5号车厢内部走去，发现刚才那拨人围在一起正在商量着什么。

"请选出一个人，进入6号车厢。"熟悉的广播声传来。

"还是让我女朋友去吧。"我说。

"凭什么，她已经去过一次了。"那位大叔说。

"可她刚才做得很好啊，救了我们所有人。"

"那也不行，说不定这次她做了别的选择呢。"

这一次，我无言以对，很显然，众人是偏向于大叔那一边的。

"大家相信我，我会为大家开门。"大叔信誓旦旦地说道。

6号车厢只有5个空座位，也就是说，就算大叔给我们开门，也只能进去5个人，这种情况下，大叔会履行诺言吗？

众人目送大叔进去，半天没有了声响。

过了一会儿，通道门渐渐地被打开，是那个大叔。他半跪在地上，双手还在艰难地开门，众人刚要进去，却被里面的场景吓到了，迟迟迈不动脚。

6号车厢里的人，竟人手一把水果刀，里面还有大量尸体，鲜血染红了整列车厢。

"来啊，进来啊！"6号车厢里，一个光头挥动着水果刀叫嚣着，"再跟你们重说一遍规则，车厢里的活人数，不能超过座椅数，记住，是活人，这个车厢还有五六个空座位，你们进来呀，只要有多余的人，我立刻把他变成死人。"

我们都愣住了，不知所措。话说，刚才小影就是从这堆人面前把我们放进去的吗？难怪她要等这些人进入下一节车厢才肯把我们放进去，好在万幸，小影没有受伤。

刚才那位大叔喘着粗气，但依旧用手撑着门："你们，快进来啊。"

没人敢进去。

这时那光头走到他身边用尖刀抵住了他的脖子："刚才没把你教育够是吗？松手！"

大叔没有松手。

刀，刺破了他的皮肤，鲜血顺着他的衬衫流了下来。

"这不在这儿扯呢吗！"高个子来气了，撸着袖子准备上去和那光头"讲理"。我阻止了他。

这时其他人纷纷看着我，懦弱的他们，只会等着一个扛事的人出面解决问题。

我走到大叔跟前，光头把刀从大叔身上移到了我面前。

我咽了口唾沫，然后扶起大叔拉回了我们所在的 5 号车厢。

门关上的瞬间，我看到光头在满意地诡笑，转身向 7 号车厢走去。

我把大叔拉回来后，众人又开始对我进行辱骂。

"你是不是傻，原本能活 5 个，现在一个都活不了了。"

"你想死还要别人跟你陪葬啊。"

他们的辱骂声越来越难听，终于我忍不住，冲他们大喊一声：

"他们有武器！"

众人先是一愣，然后继续说道："反正都是一死，刚才你就应该上去和他们拼命。"

我冷笑一声，说道："我们有脑子，干吗要和他们拼命？"

"什么意思？"众人不解。

那东北大个子也蹲到我面前，问我是不是吓糊涂了。

我慢悠悠地说道："动车最快时速是 300 公里，你们看门上的电子屏幕，列车速度一直保持在 100 左右，慢得离谱，很显然是为了和别的车厢拉开距离。"

我指了指窗外继续说道："你们看，外面那些电线杆，有很多都断了，很明显是前面发生了爆炸，把它们炸断了。"

"以往的动车票都不会标明这趟列车共有多少节车厢，可我们的车票上面却额外标明了本趟列车共有 9 节车厢。"

"这能说明什么？"众人不解。

"如果是绿皮火车，最后那节车厢，就在最后。可我们坐的是动车，不分前后，广播说最后的车厢会爆炸，其实是说头尾的车厢一起脱离爆炸，而且每节车厢都有独立的动力系统。所以，我们待在最中间的 5 号车厢是最安全的。"

众人听完我的分析，愣在了原地。

"你就这么肯定？"

"不肯定，这些都是我猜的。"

车厢连接处，终于传来了断裂声，车厢内警铃响起。众人静默地蹲坐在车厢里等待着命运的判决。

突然，车厢门传来了阵阵撞击声，光头绝望的声音从 6 号车厢传来：

"放我们进去！放我们进去！7 号没了！"

废墟

　　"外面很危险，不要出去，不要见任何人。"

　　从我有意识起，这句话就一直盘旋在我的脑海中。

　　我一直待在这个小房间里，我的记忆也仅限于这个房间。房间里只有一些简单的家具和衣物，还有书架上的一些书。

　　日复一日，我从来没有走出过这个房间，透过窗户我看到四处都是灰色的废墟瓦砾，安静得像一张壁纸，偶尔有几只鸟划过。

　　书上说，不久前人类的一次大战将大部分城市变成了废墟，无数人丧命于炮火和辐射，少数幸存者只能被迫待在废城中的房间里，靠直升机空投食物勉强度日。

　　房间里一个箱子中堆满了这些年积攒的食物，永远都吃不完。

　　我每天的消遣就是翻那些散架的书，看看窗外有没有鸟经过，顺便看看某处废楼的窗户里，有没有和我一样的人待在那里。

　　晚上，我合上书准备睡觉。不一会儿，窗户玻璃传来了一声轻微的撞击声。

应该是鸟，我没理，翻个身继续睡觉。

两秒钟后，窗户玻璃又被敲了一次。

该不会是情侣鸟双双殉情吧？我起身走到窗前，推开窗户。白色月光下，一个背着包的男人捧着一把小石子边走边向那些带玻璃的窗户上扔小石子。

第一次见到除自己以外的人，心情有些小激动，另外，房间里的书上一直告诉我外面很危险，这个男人半夜鬼鬼祟祟地用石子敲窗户，不像是好人，万一他有什么别的企图，我手里没武器，被他发现就危险了。我关上窗户，当作什么都没发生，回去睡了。

天亮后，我再次来到窗前，发现那男人竟然没走，还在我楼下。

这次我终于看清楚了他的样子。他背着皮革包，身上穿着用汽车轮胎做的盔甲，盔甲上面镶嵌了很多齿轮，脸上带着很夸张的黑色面具，眼睛周围露出的皮肤也被灰尘染得漆黑，黄色头发乱蓬蓬地搭在脑袋上。

这男的默默地从周围搜集较为平整的石块搭在一起，虽然不知他在干什么，但总觉得不是什么好人，让他一直待在自己家楼下终究是个祸患。我回到房间里，从箱子里拿出几袋粮食和水，从窗户朝他扔了过去。水瓶砸中了他的脑袋，他捂着头转过身来，目光正好撞上扔粮食的我。

那双眼睛可能是因周围黝黑的皮肤衬托显得十分明亮，甚至在这一片灰色的废墟背景中，相隔千米，也能扫中这双明亮的眼睛。

他和我对视了几秒，见我手中的粮食滑落到楼下，他才低下头，默默地将我刚才抛下去的粮食和水收到背包里，然后继续去寻找石头。

果然是怪人，我赶紧关上窗户，拉上了窗帘。

书上说，末日里，黑暗森林法则大行其道，遇见同类就会像遇见猎物一样，消灭对方抢夺身上的资源，提高自己的存活概率。

糟了，刚才我朝他扔了食物，岂不是暴露了自己。

我把书架上的书全部搬下来，希望能从里面找到解决方案。

只听"咔嗒"一声，旁边的空书架突然坍塌，整个房间大部分墙皮都已经脱落得不成样子，但只有挨着书架的那块墙的墙皮完好如初。

我走上前去，轻轻敲了一下，那墙皮"哗啦啦"碎了一地，墙里是个空洞，里面放了一把精美的手枪，旁边还有一箱子弹以及一张发黄的字条："这是最后的福利，用这把枪赶跑入侵者吧。"

我如获至宝，握着枪来到窗前，举起枪对着他说："喂，吃的喝的都给你了，你快离开这儿，否则别怪我对你不客气。"

他放下手里的砖，从包里掏出一个齿轮，我没看清他手里的动作，就看到一道金光飞来将我手里的枪打落。掉落在地板上的齿轮和手枪依旧在高速旋转。

我连忙跑过去捡起手枪，走到窗边，那男的突然冒了上来，和我打了个照面。他脚下踩着石块堆成的平台，没等我做出反应就翻了进来，摘下了口罩，整张脸看起来还算秀气。

"刚才你为什么拿枪指着我？"男人问道。

"因为……"我指着摊在地上的书说，"因为书上说末日里没有队友，最大的敌人就是同类，你的行为太诡异了，所以我……"

他掏出火柴，点着扔到了书堆里，火花慢慢地将那些书蚕食殆尽。

"你！"我重新举起枪对着他，他伸手轻松地夺走了那把枪。

"我不是坏人。"男人接着说，"那些书的作用只是洗脑，你可以选择相信我跟我走，也可以选择继续待在这里。"

"书，书上说……"我指了指外面，"外面是末日，有丧尸还有毒气什么的。"

"看书看傻了。"他走到墙边踢了一下满是食物和水的箱子，"既然是末日，为什么会有那么多食物供给。"然后又走到烧成灰烬的书堆前说道，"如果政府真的要印刷末日生存手册，那么应该要清楚地写到毒气的成分、吸入后会有什么反应、外面到底被破坏成什么样子了、丧尸的外形和弱点，而不是统统一笔带过。"

"你到底想说什么？"我问道。

"几个月前，我和你一样，也是住在这种废楼里，坚信着书上告诉我的，以为只要待在原地，吃着每个月空投下来的食物，就能平平安安地活一辈子。直到我在食物包装里找到了一张照片和一个纽扣。"

他从怀里掏出了那张皱了吧唧的照片，照片里是三男两女五位年轻人，身上的穿着和这面前的男人同一风格。五人的身后有一张铁网，铁网上面用红色油漆写着："危险请勿靠近！"铁网后面，是灰色的废墟，铁网另一面，是绿意葱葱的草坪，五个人兴奋地做出很帅气的姿势，在铁网边合照。

"那纽扣有什么作用？"我问。

"不知道，但我怀疑这里是动物园，有人把我们当动物囚禁在了这里。"他把照片塞回包里继续说道，"因为你刚才送给了我一些食物，所以我才告诉你这些，我在路上遇到过七八个像你这样的人，最终还是只有我。"

"那些人都选择留在自己的废楼里吗？没有跟你走？"我问道。

他没有回答，从地上捡起自己的齿轮转身从窗户跳了下去。

我转身看了眼灰烬，又看了看身后那箱粮食。两秒钟后，我搬起粮食从窗户扔了下去，紧接着我也跳了下去。

"我跟你走，希望你不是骗我。"我说。

那个男人见我下来终于笑了："你好，我叫肖月，这个名字是我在废楼醒来后，看到的第一本书的作者的笔名，我就拿来用了。"

"呃，我叫麦芽，是在粮食包装袋上的成分表上找到的名字，我也不知是什么意思。"我说。

"大家都选择待在废楼里，所以，现在满大街的资源没人和我们争。"肖月指了指街上报废的车辆说，"轮胎可以做成盔甲，轻便还可以防刀剑类的武器；里面的齿轮、轴承什么的，都可以当作武器，对付丧尸足够了。运气好的话，还能找到可以发动的车。"

"哎呀，一下子跟我讲这么多，我记不住啊。"我说，"我一直跟着你就行了，你慢慢教。"

肖月瞅了我一眼，嘴唇抖了几下，然后才说："我是说，万一我们走散了。"

话音刚落，就看到有 5 个端着枪的人影从空中落到了马路上。

肖月刚举起手中的齿轮，那群人竟先开了枪打在了我们身后，紧接着一阵腐尸的气味传来。

转过身，发现身后趴着几只灰色的丧尸，我们刚刚经过那里竟然没有发现。

"时间久了，现在丧尸也进化出了保护色。"其中一个女人说完，摘掉头盔跑到我们面前，"嗨，我们是来自和平区的人，过来找刺激。"

原来世界上不止废墟，还有和平区——他们用一张铁网把末日废墟围在了里面。一张铁网，分割两个世界。和平区一小批热爱挑战的人不甘平凡的生活，选择来铁网里体验生活，他们把照片和跟踪器塞到补给粮食中，最后找到了我们。

他们答应带我们离开这里去和平区。

剩下的日子里，肖月没有再去找其他废土人，专心和这伙人一起打丧尸。闲暇时间，他就拿着那张照片仔细观摩，我问他是不是看上了某位姑娘，他笑着说才不是，是从来没见过绿色草坪，要多看看。

一个星期后，我们终于看到了铁网，也看到了绿色草坪，不远处，小河流淌，工厂、学校耸立。

我们很轻松地翻了出去。

和平区上方，无数架直升机飞向各处运送物资，一切井井有条。

"为什么和平区这么小？"

"什么？"众人不解地瞅着我。

我指着前方，又向前走了一步，然后说道："就这样向前走3000步，就到头了。"

"你眼睛这么好呀。"小姑娘笑着说，"你看错了，那只不过是另一个铁网罢了。"

我低头，瞅了瞅脚下并拔下了一根草，小姑娘见状赶紧拉住我和肖月："哎呀，快走吧，磨磨叽叽的。"

在和平区住了几天，住宿环境虽然有了质的飞越，但是总感觉有些怪，而且那4个人也没有再出现过。

我去找肖月，他正在工厂里，帮直升机装粮食。

"你不觉得奇怪吗？"我问肖月，"大街上很少有行人，工厂也空空荡荡的，最可疑的是，这些粮食和水源源不断往外运输，原材料都是从哪里来的呢？"

"我不好奇，我对现在的生活很满足。"肖月说。

肖月现在的眼神和当初在废城楼下搬砖时一样，应该谁也劝不动。

我慢慢地朝工厂内部走去，却被肖月一把抓住："你能不能稍微收一下你的好奇心，毕竟我们是从废土区过来的，万一被发现，后果不堪设想。"

"书上说，欺骗永远存在，不管是善意，还是恶意。"

我支开肖月的胳膊，起身朝工厂内部走去。

腐烂的尸体、丧尸、枯萎的植物，被揉成一堆，一股脑儿倒进一个机器里。再出来，就是我们平时吃的粮食。

肖月这时突然出现在我身后说道："本来是想给你个生日惊喜，谁知道你变聪明了，瞒不住你。"

肖月掏出齿轮，把工厂顶端打出了一个洞，我看到这几天一直没出现的小姑娘那群人一直抱着枪在上面奋力抵抗，打着丧尸。

"压根儿就没有什么和平区，地球已经废了，到处都是废土，到处都是丧尸、病毒和辐射，到处都是残杀。"肖月说道。

我指着头上，小姑娘那群人："这到底是怎么回事？他们是谁？"

肖月叹了口气："我是你男朋友，我们和上面那几个人是同一个联盟的。"

我被这巨大的信息量惊得说不出话来。

肖月接着说道："在这末日里，一切都是万不得已，我们在末日里已经生活了6年，所有能吃的能用的资源，也都差不多用光了，我们联盟必须减少人口。你举手自愿牺牲，我也跟着你举了手，但是我提出了一个条件，就是希望能在末日发生前死去。于是联盟商量后决定，消除你的记忆，把你安置在废城里永不出门，每天给你吃用特殊材料做的食物，这样也算是脱离了联盟，没有消耗联盟的物资，可以不用死。同时，联盟在这里做了一个和平区，按照末日前的样子做了假草坪、假学校、假工厂，我会在这里被悄无声息地处死。但是我还有一个选择，就是选择是否带走处于废楼中的你——让你和我体验几天和平区的感觉然后再被处死，还是一直把你放在废楼里，自生自灭……"

我想起来了，我都想起来了，记忆重新回到我的脑中，之所以肖月对和平区、对草坪这么执着，正是因为大学时学校组织露营，我和他就是在草坪上认识的。

那天晚上烧烤时，他捉了几只蝉烤了给我吃，我说我从来不吃这么恶心的东西，要我吃还不如死了算了，他却吃得津津有味并说，"只要有营养，就应该放下偏见。"

"原谅我的自私。"肖月说，"我想把你带过来一起死，因为我不忍心让你一直吃那么恶心的粮食。"

这时，楼顶被打破，那几个人冲了下来。

那三个男的举起枪对着我和肖月说："既然麦芽都知道了，那对不起了，今天晚上你们就提前上路吧。"

"不，不不。"我对那三个人说道，"今晚不能处死我们。"

三个人互相交流了眼神然后说道："不行，联盟已经决定了，不能反悔。"

我解释说："我没有反悔，只是联盟不是每次都是牺牲一个人吗？这次肖月是自愿牺牲，牺牲两个人，你们能不能多给我们一点时间。"

"你想怎么样？"

"我想重来一次，不过这次我想把肖月消除记忆放在废楼里，我去找他回来。"我说。

三个人用对讲机向上面汇报了一下，然后对我点头，表示上级同意了我的提议。

肖月走到我面前盯着我，我笑着揪了一下他的脸："都怪你，让我吃了这么久恶心的粮食，看我这次不让你吃个够。"

肖月也笑了，眼神更加明亮。

联盟的人正在给肖月消除记忆。

小姑娘把我叫去，问我还要不要在肖月的房间里放置什么东西。

我说："烧烤架、齿轮、皮靴，那是他最喜欢的。"

"还有吗？"她问道。

我掏出那把精美的枪，递给了她："把这个放在他房间里。"

她接过枪，向直升机走去。

肖月，你真是太笨了，我当初举手自愿牺牲，你干吗非要跟着我一起呢？这次我绝对不能再给你机会跟我一起死了。

联盟资源有限，如果两个人必须死一个人的话，我希望是我。

千万别扯那些要死一起死的酸不溜秋的誓言了，这是末日，不是偶像剧，你活着，一切都还有希望，你就在废楼里安稳地待着吧，万一末日过去了呢。

　　"等一下。"我叫住了那个小姑娘，把一张字条交给了她，"把纸条和枪放在一起吧。"

　　纸条上写的是：

　　"有一个叫麦芽的女人，她会找到你，见到她时，别犹豫，开枪杀了她。"

死亡空间

我被一声爆破声吵醒。

睁开眼睛，发现我处在一个空白的空间，四周没有墙，也没有任何别的东西。

我旁边还躺着一高一矮两个男的，还有一个女生，他们也刚清醒过来，四处打量着这个地方。

高个子男的显得很狂躁，双手呈喇叭状朝这个空间大喊，不过始终没有回应，也没有回声，其他人则焦急地寻找出口。

片刻，一声巨响，前方突然多出了一面白墙，延绵数里，正对着我们的，有一扇门。

一阵噪声传来，转而变成了儿时村口的大喇叭似的广播声：

"你好啊，我的老伙计们，欢迎来到死亡空间——"

"我知道！"高个子男生一脸兴奋地说道，"是不是在这里可以做任务、赚点数，然后利用点数购买技能，改变自身属性变成超人，点数赚够一定数量后就可以醒过来，然后在现实中也可以保留超人的能力，对不对？太棒了！简直难以置信，'歪瑞噢垂斯汀'。"

"然而并不是。"那声音继续说道，"规则只有一个，里面是死亡空间，进去玩几轮游戏，活下来的人，才能离开这里。"

声音戛然而止，白墙上的门突然被打开，里面黑漆漆的一片，看不见任何东西。

"进不进去？"小个子男生蹲在地上，弱弱地问道。

"先别着急，我们先确定一下，我们到底是不是在做梦。"高个子说。

"怎么确定？"小姑娘问道。

高个子没回答，只是呆呆地盯着地面，默不作声。

"喂，说话呀。"小姑娘上手甩了他一耳光。

高个子先是一愣，然后捂着脸委屈地说道："我想如果是梦就是清醒梦，我刚才是想看看能不能变出一副麻将来，咱们四个正好。"

"刚才扇你疼不疼？"

"疼！"

"那就不是梦。"小姑娘拍拍手说道。

"那我们进去吧。"我指了指门，"我们赶快想办法出去。"

高个子在前，我们两个女生在最后，四人排成一队，依次走进那道门。

　　我们事先商量好了，进去后，一旦有了视野，就马上躲起来，并随手抓个东西防身。

　　然而门后的这个房间，并没有我们想象得那么恐怖，像一个干净的实验室，正对着我们有两个笼子，分别关着一个络腮胡大叔，和一个十岁左右的小男孩，笼子前面各有一个按钮。

　　见我们进来，他们都用害怕且无助的眼神看着我们。

　　"按下相应按钮，杀掉一个，救下另一个做你们的队友，否则笼子中的两人都得死。"冰冷的声音传来。

　　"神经病啊，让我们亲手杀别人？"高个子喊道。

　　"这是游戏规则，我们没有别的选择，必须选一个。"我说。

　　众人沉默，许久，小姑娘才弱弱地说道："要不我们丢硬币吧。"

　　"好。"众人附和。

　　"不行！"我打断了他们，"要留下一个做我们队友，还是考量一下吧，万一留下的是个祸患怎么办。"

　　突然，笼子前面多出了两个投影，上面写着他们各自的简历。

　　"男，36 岁，丧偶，喜爱小动物，妻子因拒绝上司追求后被上司侵犯。事后，妻子饮恨跳楼死亡。男子得知真相后便筹划数年，将妻子的上司掳走杀害。"

　　"男，12 岁，留守儿童，因为缺乏管教，顽劣成性，多次欺负邻居小孩。一次，把附近邻居家多名小孩骗到水库里的小船上，并独自离开，后来导致多名小孩溺水身亡。"

"我去他大爷的熊孩子！"高个子男的一跳两米高，往按钮那跑去。我们反应过来，想把他拉住，可眨眼间他就按下了一个按钮。

一面白布盖住了笼子，一声枪响，鲜血染红了白布。

我们被枪声吓了一跳，纷纷后退。不久，白布被掀起，那个络腮胡男子走了出来。

"谢谢你们，不过，我还是觉得该死的是我。"络腮胡男子遗憾地说道。

众人不语，我上前说道："就算你有罪，我们也没有权力制裁你，既然我们现在都被困在了这里，就抱团取暖，一起想办法出去吧。"

看样子，这个男人暂时不会对我们产生威胁，事已至此，就暂时结为一队吧。

侧门打开，我们5个人进入了下一个关卡。

那恶心的声音再度响起：

"丧尸出笼，丧尸群从走廊一头涌来，走廊另一头则是安全出口，走廊里共有4道防护门，防护门只能在朝向安全出口的这一边开，必须用手撑住，松手就会关上。丧尸那边打不开，但丧尸群撞击10秒后就能把门撞开，现在你们5人中有4个人是在安全出口这一侧，但剩下的一个人则在走廊另一边被丧尸群追赶。TA需要穿过防护门，才能到达安全出口，现在你们需要选出这个人，最后，看谁能活下来。"

"这，看起来容易，其实，很难啊，搞不好只能活下一个人。"

络腮胡男子低声说道。

"没错，被丧尸追赶的那个人如果想安全逃出，那剩下的四个人必须要各守着一道防护门帮 TA 开门，门只能用手撑住。所以，守门的人绝不能提前逃到下一道门，否则前面的人都得死。"我说。

高个子听罢便不耐烦地对大家说："大家都挺住啊，都别尿，等人过了防护门再松手跑，要是谁提前跑了害死后面的人，我跟他没完！"说着就朝空中挥了两下拳头。

众人答应得很爽快，那么接下来就是选人布局了。

突然，一声惨叫传来，是全息投影，不过不是投射信息，而是播放了一部丧尸啃食人类的残忍短片，虽然大家都紧闭上了眼睛，但是那刺耳的惨叫声，让我们感觉血都已经迸到了我们的鞋上。

影片播放完毕，我感到大家的心理已经有了微妙的变化。高个子也开始紧张地抹头上的汗。

房间开始抖动，大家紧张地蹲在地上，房间两边的墙开始往中间靠拢，不一会儿，我们所处的房间就变成了狭窄的走廊。

又一声巨响，走廊两头的墙突然升起，一头变出一扇绿门，另一头则变成了一个铁笼，里面都是面目可怖的丧尸，滴着污血，冲着我们张牙舞爪。

我们一行人条件反射般涌上绿门，然而无论怎么拍，那扇门就是打不开，门中间的圆圈，若隐若现地闪着一个人形图标。转身，发现丧尸笼前的地板上，也有一个圆圈，抬头，有四道门规律地悬在走廊上面，看来必须选出一个人站在丧尸笼前的地板上触发系统，我们才能有机会逃生。

我拍拍手让他们冷静下来。

我提议让那小姑娘守最安全的最后一道门，大家都没有异议。

剩下三道门，我们四个人抽签，最后决定，我守第一道，高个子第二道，络腮胡第三道，矮个子则是倒霉的逃亡者。

抽签结果出来后，他就瘫坐在了地上，然而没有人会愿意跟他交换。

防护门落下来，我们各自就位，我在第一道门后安慰小个子说："我会一直撑住门等着你，你别害怕，你就一直往前跑就行了。"他弱弱地点了点头。

游戏开始，小个子站到了圆圈上，瞬间，丧尸笼门和绿门同时打开。

小个子发疯似的向我这跑，然而笼子里的丧尸速度出奇地快，不出一秒，就将小个子扑倒在地，血柱喷到了我的身上。

我愣了。

"愣着干吗啊，松手关门跑啊！"大个子的声音从身后传来。

我反应过来后立即关上门转身，朝大个子所在的第二道门跑去，他还在撑着门等着我。我跑过去，他关上门，转身拉着我朝第三道门跑去。

然而那道门没被打开。

透过玻璃看到原本该打开第三道门的络腮胡正急切地敲打着

第四道门，想让小姑娘先开门，让他进去。

"呸，早知道就留小男孩了。"高个子暴躁地踢着门，"你倒是过来开门！"然而络腮胡还在和第四道门僵持着，没有理我们。

身后的丧尸已经撞开了第一道门，再过一会儿，第二道门也会被撞开，那我和高个子就会立即丧命。

当我们就要放弃的时候，络腮胡终于赶回来把门打开了，我们三人奋力朝第四道门跑去，小姑娘透过玻璃看到络腮胡将我和高个子放进来了，便打开了门让我们进去了，最后，大家都有惊无险地通过了绿门。

安全后，高个子将络腮胡胖揍了一顿，他一直默默挨揍没有出声。

等高个子打完，络腮胡才满脸遗憾地说道："看看你们的脸，已经感染病毒了。"

我们这才反应过来，我们四人脸上的颜色都是绿的，而且还有一个小鼓包在脸上游走。

"这个丧尸病毒能通过空气传播，没想到吧。"络腮胡倚着墙说道。

"那怎么办？"小姑娘略带哭腔地捂着脸对络腮胡说道，"对不起，刚才，刚才我，应该听你的话的。"

"你这是什么意思！"高个子想拎住小姑娘的衣领，被我拦了下来。

"哈哈哈,别气馁,办法总会有的。"那死神一般的声音再度响起,伴随着声音,旁边的墙上露出了一个平台,上面多出一把刀,和三根吸管。

"活体人类的血,就是你们的解药,用刀捅向一个同伴,喝掉有温度的血,你们就能活下去了。"

话音刚落,大个子一把把刀夺了过来,我们愣神的一瞬间,他已经把刀一掰两段,扔了出去。

"大不了一起死,干吗要听这鬼东西的差使。"大个子狠狠地捶着墙。

"方法是残忍,可是能活下来三个人,就能挽救三个家庭。"络腮胡说道。

"你说什么呢!喝活人血!"大个子踢了他一脚。

"……"

话没说完,一旁的小姑娘就开始倒地抽搐,转瞬间,便张牙舞爪,扑向了络腮胡。

络腮胡一脚把她踢开,然后爬到断刀处,捡起刀,刺到了小姑娘的后腰,随后逃走了。

小姑娘被刺后,没了张牙舞爪的状态,像个普通的人类,身后喷着血,软绵绵地向后倒去,我跑过去扶住了她。

她竟然说话了。

她说:"病毒扩散没这么快,我还是个人类,络腮胡说得对,要救的并不是一个人,而是一个家庭。你们死了,会有很多人感到伤心，而我是个孤儿，世上有没有我无所谓。所以这次，算是报答你们俩一路上的陪伴吧。"

……

最后，络腮胡病毒爆发，变成了丧尸，被关进了那个笼子里。而我和高个子则活到了最后。

不管这个空间是谁在创造，我所知道的是，它的目的就是观察人性中的恶。

不要妄图考验人性，你一旦有了这个想法，就永远看不到人性中的善。

小姑娘，是善的，小个子也是善的，甚至是络腮胡，都有善的一面，他当然看得出小姑娘是假装变成丧尸，以他对丧尸的了解……

我和高个子失魂落魄地走向一扇门，前面就是出口了吧，我高兴地想。

突然，上方落下两只笼子将我们困住，笼子顶部满是枪管。

"请为对方编写简历。"又传来了那个声音，"你们知道的，为对方填写的简历，将关乎你自己的性命。"

那扇门打开，又走进来了四个人，紧张且好奇地打量着这个地方。

转头望去，高个子正在关心地看着我，看他的口型，是在对我说："加油。"

原来，游戏才刚刚开始。

被剧透就会死

周五，晴，我趴在大学教学楼天台上抽着烟，百无聊赖。

这时，朋友崔大走了过来，手里还拿着一盘录像带。

我叹了一口气，扔掉烟屁股朝他摆摆手："不了不了，我现在在长个子，再看，营养就跟不上了。"

"不，木少，你是了解我的，我是一个讲原则的人，那种东西我是不会带到圣洁的校园里来的，我带来的，是另一种有着强大吸引力的东西。"崔大推了推眼镜说道。

"是吗？"我假装有点好奇。

崔大把带子封面推到我面前，上面赫然写着：

"男人看了会沉默，女人看了会流泪。"

"百分之九十八的人看完后会主动将剧情说给别人听。"

最后面还有一句：

"每当录像带被播放，就会有人死去。"

"这不是万恶的标题党吗，而且还很 low 啊！"我白了他一眼，捡起烟屁股继续抽了起来。

"没错，可纵使是标题党，他们的标题也是会贴合内容的。每次遇到标题党，我都会像赌石一样兴奋，不打开，永远不知道里面是啥。朋友，有没有兴趣，周末我们一起观看？"

"到底播放后会不会死人，然后怎么死，你难道一点都不好奇吗？"崔大敲着录像带外壳，那声音似乎有着魔力。

我怔怔地接过录像带，举到眼前，松手，右腿快速地将录像带踢飞了出去。

我摸着崔大的头说道"你爸妈花钱到底让你干啥玩意来了？"

下午的课有点乏困，生物老师让我们捧着课本自习，但我们早就把书堆起来，躲在后面睡着了，老师也不管，坐在讲桌上备课。

突然，安静的教室传来刺耳的笑声，吵醒了睡梦中的我，抬头看见生物老师正抱着讲桌狂笑。

"老师，小点声，大家都在睡觉呢。"

"不好意思啊，哈哈哈哈，你们余老师跟我讲了一个电影，哈哈，特别好笑，就没忍住……"

"什么电影啊？"我打着哈欠问道。

"就是，中午，哈哈，你们余老师捡到了一盘奇怪的录像带，哈哈哈哈，他跟我讲，里面放的是，是……"

"是什么？"

"啊。"

生物老师没了声音，抬头望去，发现她趴在讲台上一动不动。无论前排的同学怎么叫，那老师始终没反应。

奇怪。

有位同学上去摇了摇，女老师竟然直挺挺地摔倒在地。

她死了，脸上还保持着开心的笑容，像是一尊雕塑。

几分钟后，警察来了，他们搬走了老师的尸体，在教室里拍照、画线。

同学们被赶到了教室外面，隔着警戒线，那些女同学开始哭，抱在一起哭，连男同学也开始哭。我和崔大则站在那里发愣。

因为我们都听到，临死前，老师说了关于录像带的事。

我擦擦头上的冷汗，转身望向崔大，发现他腿打着哆嗦，嘴唇发青。

我走过去碰了他一下："害怕了？"

"难……难道是巧合，她怎么会……怎么会好端端地死了？"崔大害怕得有点语无伦次。

"我们去找余老师问个清楚吧。"

"不不不，把情况跟警察说说就好了，我不想再掺和了。"

"你觉得警察会相信我们所说的吗？录像带是你带来的，但是是我踢走的，所以，我的责任最大，你可以不用跟来。"说罢，我拍拍他的肩，向办公室走去。

推开办公室的门，余老师不在，其他老师正在为生物老师默哀。

见我进来，其中一位老师犹豫了几秒突然热情地将我拉住。

"你是不是想问关于录像带的事？我来告诉你录像带里的内容。"那老师咽了一口唾沫打算继续说下去。

突然办公室的门被踹开，崔大拿着一副耳机冲了进来，他把耳机戴在我头上，里面循环播放着《最炫民族风》。然后我就听不见外界任何东西了，只看见崔大让我走。

伴随着动感的旋律，我们穿过走廊、操场、校门，离开了学校，最终来到了崔大家。

摘掉耳机，我摊开双手："这到底是怎么回事？"

崔大深吸了几口气，尽量保持冷静："录像带是一个诅咒。"

外面突然警铃大作。

崔大打开电视，电视台正在紧急播报这样一则消息：

"今日，全市共有 137 起离奇死亡案件，原因不明，警方还在进一步调查当中。大多数死者身边都有一个奇怪的录像带，警方正在查看录像带的内容。"

这时我的电话响了，崔大关掉电视，示意我接电话。

是同桌小樱。

"喂，木少，你没事吧，学校里又死了好几个人。我有点害怕，校长把学校封了，喇叭通知让所有人待在座位上不准动不准说话。可刚才班主任把我叫出去了，他莫名其妙地跟我讲了一段电影的剧情，剧情是……"

啪。

崔大帮我按掉了电话。

"你同桌危险了。"崔大说道。

"什么意思。"

"她被剧透了！"

"啊？"

"录像带是一段诅咒，凡看过录像带的人都得死，如果想活下去，就必须要将剧情剧透给下一人，把诅咒转移。录像带播放结束三小时后，最后被诅咒的人就会死，而被转移过诅咒的人会永远获得安全，不会再被诅咒。"

"真是一场残酷的游戏啊。"我啃着手指甲思考着。

"怎么，害怕了？"崔大拍拍我的肩膀。

"你为什么会知道这些，你既然知道，为什么上午还要邀请我看这个录像带？"我打掉崔大的手。

"像你这么大大咧咧又讲义气的人当然不会理解这个游戏的精髓所在。"崔大扶了扶眼镜继续说道，"最先看录像带的人才是最安全的。"

"你在胡说什么？"

"有无数盒录像带散落在各处。现在的你，可能随时都有被诅咒的可能，比如在学校办公室，还有刚才那通电话，如果不是我及时阻止，你早就没命了。但是如果你看了录像带，作为诅咒链的源头，你只需要在宽松的三小时内将剧情剧透给别人，你就永远安全了呀。所以，在这个险恶的游戏中，录像带并不是撒旦的魔爪，而是天使的光环，是保命的东西啊。"

说着，崔大眼睛放着光，从怀里掏出了那盘录像带。

"我不是给你扔了吗，你怎么还有？"

"都跟你说了，有好多盘呢，我们赶紧把录像带看了，然后去学校救人。"

"看完了，要把诅咒传给谁呢？"

"这……还没想好。"

我站起身来说道："可能我比较笨吧，先做坏人的事我做不出来，我要去学校想办法救小樱。"

崔大急了指着外面说道："你真是榆木脑袋，现在警察手里已经有了录像带，用不了多久，就会有更多的人知道规则，到时候就会更加混乱，情况更糟。"

"要看你自己看，到时候别不小心剧透给我就行了，我现在要保留着没被诅咒的身体去救小樱。"

我搓搓鼻子走向门口，临走前，转身对崔大说道："我还是希望我们仨最后都好好的。"

"等一下。"崔大叫住了我。

"什么事？"

"假如，我刚才对你说那些规则，正是录像带的内容呢。"崔大低着头，直直地站着。

"不会的，倘若真是的话，我也认了，兄弟。"我搓搓鼻子转身出去。

外面的街道开始混乱。有人悠然自得，有人慌慌张张地跑来跑去。

一群被规则捉弄的人。

我心里暗骂，戴上耳机朝学校跑去。既然有人制定规则，必然会有人想办法打破规则。在回学校的路上，我一直在思考这个诅咒的运算机制。

诅咒的核心是录像带，可以通过电话、广播、口述来传播到下一个受害者，时限是三小时。三小时，为什么是三小时？

要搞懂这些东西，我必须要被剧透，或者亲自看一遍那个录像带。回到学校，我把小樱带到了图书馆。我让她把刚才电话里没讲完的现在对我说，关于那盘录像带的内容。

小樱很单纯，就很听话地跟我讲了。

录像带里的内容只有不到十分钟。

是一个戴着口罩的男人，坐在一个小房间里，对着镜头很焦灼地说着一段话：

"这是一个诅咒，也是一个游戏，是神之圣物，是上天赐予人类净化自身的工具。"

　　然后就是那个规则：三小时内要把这影片的内容告诉其他人，否则，自己就会死掉。

　　小樱很担心地看着我："这个诅咒看起来是真的，你不会有事吧，老师是上午最后一节课剧透给我的，距离现在，已经过去两小时了，你……"

　　"会有办法的，不用担心。"

　　仅凭口述，我还是没办法了解到影片的全部内容。

　　我必须要亲自看一遍。

　　这个时候，崔大刚好赶来了，手里还拿着那盘录像带。

　　"来得正好，把录像带给我，我要看一遍。"

　　"想明白了？"

　　崔大把录像带交给我，我们来到图书馆的电子阅览室，把录像带放了进去。

　　"崔大，你有没有被诅咒，如果没有的话，你就别看了。"我说。

　　崔大看了一眼小樱说："我是没被诅咒，但如果我没猜错的话，小樱肯定是把诅咒传给你了，那我们一起看吧，说不定能一起想到办法。"

　　我劝不动崔大，只好打开录像带一起看了。

　　录像带的画面很简单，感觉是一个人拿着一台家庭录像机拍摄的。

　　录像带的内容和刚才小樱的描述一致。

"这是！"崔大突然大叫一声，"把音量调高，我好像听到了什么。"

我调高音量，录像中除了主角略带口音的普通话，我们还听到了熟悉的声音。

"那是我们学校课间操时放的音乐，为什么会在这里出现？"小樱问道。

"这说明这段录像是在我们学校里录制的。"我说。

我们要先找到录制地点，说不定那里会有一点线索。

"我想起来了。"崔大一拍脑袋，"上周图书馆无缘无故闭馆一周，还记得吗？听说是因为一个图书管理员。"

"我听同学聊过，那个图书管理员不小心把不属于图书馆里的书放到了书架上，后来被领导发现，把他辞退了，然后校领导闭馆一周，做调查。"小樱继续说道，"不过我感到奇怪，为什么这么点小事，要搞这么大动静。"

难道录像里的那个人，就是图书管理员，他做这一切的目的就是报复校领导。所以，现在的线索有两条：图书管理员，还有那本书。

"录像地点可能就是图书管理员的宿舍。"我说道。

我们三个人爬楼梯走到图书馆六楼员工宿舍，此时距离诅咒应验不到半小时，如果半小时里，我还没找到破解的方法……

站在管理员宿舍门口，我叹了口气，对崔大说："如果我失败了，小樱就拜托你照顾了。"

"千万别，我也就比你多活两小时，我看，咱俩都需要小樱帮忙处理后事了。"

"哎呀你们，一定不可以死。"小樱扯着我的衣角说，"如果你活下来了，我同意做你女朋友。"

听到这句话，我浑身充满了鸡血。边上的崔大不干了："凭什么，我也是一起出生入死啊，那我呢，那我是什么啊？"

"你是我俩的爱情见证人啊。"

"你们别贫了，门锁上了。"

小樱不知从哪里扛过来一把消防斧，劈开了门，但门后的景象把她吓得立马扔出了斧头。

那个许久未见的管理员此时正吊在房梁上，尸体已经发臭。

我和崔大两个人捂着鼻子走了进去，果然，这个房间和录像带背景的房间一模一样。我们也在桌子上发现了录像机。

"你们来，过来看，这里有了一本书。"小樱指着床，那上面放着一本黑色封面的书。

"这可能就是那本放错了的书，整个房间除了这本，没有别的书，可以看出管理员不是一个喜欢看书的人。"

这本书很薄，看上去有些年月了。

翻完，整本书的内容只讲了一件事：诅咒。

或者说，这本书本身就是个诅咒，诅咒的形式和我们了解的差不多，一旦打开这本书，就必须要把这本书的内容剧透给下一个人，才能转移诅咒，否则一个星期后会离奇死亡。

"可是管理员分明是自杀的啊，还有，为什么他会被锁在自己的房间里。"崔大不解地问道。

"我明白了。"

如果没有猜错的话，事情应该是这样的。

图书管理员原先没有看过这本书的内容，但不小心把这本带着诅咒的书放到了图书馆里，然后一位校领导把这本书借走了。校领导为了避免诅咒落到自己身上，便以工作为由把这本书和图书管理员锁在了宿舍里，想把诅咒转移给这个管理员。

管理员被转移诅咒后当然想立刻转移，但自己被锁在了房间里，所以他用房间里的录像机、电脑刻录机制作了诅咒视频，从窗户扔了下去。

他做了一件事，把一个星期的时限改成了三小时，没想到时限的修改也竟然成功了。同时，这个诅咒不局限于口头传播，还可以通过书籍、录像视频等媒介。而且诅咒录入到新媒介上时，时间可以重新改写。

"我知道该怎么做了。"

我抓紧时间写一篇短篇小说，把它放到网上。网上的资源无穷无尽，这样，这个诅咒就会无限扩散。时间一分一秒地过去了。

小樱紧张地盯着电脑："这样有用吗？"

"如果没用的话，十分钟后，我就会死。"

不出所料，十分钟过后，我安然无恙地坐在电脑旁。我成功地把诅咒转移给了陌生网友。

"有点邪恶啊你，陌生网友也是人啊，你就这么心安理得地害他们？"崔大问我。

"没有办法啊，所以我把时间调到了一百年。"

这样就完美解决了问题，只是希望，这个诅咒永远不会有人把它当真，如果再有人重新修改时间，那麻烦就大了。

每做两个梦，其中一个就会成真

#

河里结了一层厚厚的冰，冰下有鱼，冰上我裹着棉被坐在一个直径 50 厘米的冰洞边上，拿一根木棍不断搅动防止其结冰。

我是一个龙套演员，接下来这场戏里，我要被主演天哥扔进冰洞里淹死，因为挣扎再挣扎的时候，我有长达 5 秒的露脸时间，所以我努力争取到了这个机会。

我光着上身，外面就套了一件羽绒服，方便 NG 的时候直接换下羽绒服接着拍。副导演在我腰上拴了一根绳子，确保我的安全，然后他把绳子交给了工作人员。

一切准备就绪，开拍。

天哥把我拖到冰窟口，我挣脱不过，被他扔进了水里。绳子绷得很直，我泡在离水面不足 30 厘米的地方发抖，等着导演喊"卡"。

透过清澈的水面，我看到天哥还在表演状态，剧本中写道，他把我扔进来后，要头也不回地走掉，整个过程会在 15 秒之内完成。

天哥看了看冰面，拍拍手转身离开，然而刚走几步，他竟然滑倒了，我在水里都感受到了震动。

我看到模糊的冰层瞬时围上了一群人，但是却没人管我，我身上的绳子也变得松软，身体慢慢下沉，变得不省人事。

　　#

睁开眼睛时，我发现自己处在一个空白的空间里。

面前站着一个纯白西装的男人，脸上像粘着一块马赛克，看不清五官。

见我醒来，他转了一圈，双手张开对我说："欢迎来到梦神的空间，我是你未来的朋友——梦神。"

"神？"

"正是本神。"

我站起身来说："你知道那场戏我有多难争取吗？你可倒好，把我搞死带了过来，请问你就不能等我把戏演完后，打电话找我吗！非要把我带到这个鬼地方，不过也罢，反正我也活够了，请问重新投胎走哪里？"

梦神说："你误会了，我是梦神，不是死神，搞死你的人不是我，但是我可以让你复活。"

我："还是不了吧，我活了大半辈子，还是个跑龙套的，还是继续死吧，至少我家里还能领到补偿款。"

梦神："我没问你意见，梦神让你活，你就得活。"

我："这么霸道的吗，连死都不让了。"

梦神没有理我继续说：

"你以后每天都会做两个梦，其中一个梦，会变成现实。"

没等我反应过来，梦神拍拍手，上方伸下来一个老式灯泡开关，距离他两米左右，梦神伸手没够着，场面十分尴尬，梦神横跨一步，终于握住了开关。

"你会感谢我的。"

梦神拉下了开关，整个白亮的空间顿时被黑暗吞噬。

\#

我从自己的床上醒了过来。

是梦吗？

低头看了下手机，已经是第二天下午了，我晃了晃脑袋，记忆逐渐浮现。

昨天我在水里下沉的时候，求生意识使我使劲摇动腰上的绳子，丧失意识之前，我腰上的绳子终于再次绷紧，是一个双马尾女孩，她用力紧抓绳子，并大声呼喊。

记忆自此戛然而止，原来我是被这不知名的姑娘救了。

这天，我在家里休息了一天，晚上睡觉时真的做了两个梦。

第一个梦，我被挂在了歪脖树上。

第二个梦，我追到了那天拍戏时把我救上来的那个姑娘。

难不成梦里那个马赛克脸说的都是真的？

如果我一整天都待在家里，应该什么事都不会发生吧。

这时电话响了，是副导演。

"下午，不仅露脸，还有三句台词，来不来？"

"剧组里是不是有个扎马尾的女孩？"我问。

"我问你来不来，别问那些有的没的！"

"那有没有歪脖子树？"我又问。

"滚。"

于是我兴冲冲地去了拍摄场地，真的发现了一个马尾女孩，她坐在房车里面，喝着奶茶。

她看到了我，冲我打招呼，这时一个黑影挡住了我的视线，是天哥，他也端着一杯奶茶，钻进了房车，并顺手关上了门。

"喂，臭小子，瞅什么呢，那是天哥追了半年的女人，不该瞅的别瞅，快，上树。"

"什么，上树？"我不敢相信自己的耳朵。

话音未落，我就被几个人绑在了一棵歪脖树上。

"剧本里有这场戏吗？"

"现加的。"

这个时候，我才发现，那些摄影机，并没有开机，镜头盖还盖在镜头上。

天哥从房车上下来，关上了车门，手里多了一根鞭子，并找了几个人在外边遮住了车窗。

天哥走到我跟前，二话没说抽了我一鞭子，胳膊先是像被踢了一脚，几秒后，巨大的刺痛感传来，新买的棉服也开始飘棉。

"说，说你下次不敢了。"天哥点了一支烟。

我蒙了，没想到会真打，我瞅向副导演。

他们背对我，也在抽烟。

"说啊。"

又是一皮鞭落在了我的身上。

"喂，你们要不要检查一下道具呀，他看起来真的很疼的样子。"

马尾女孩从车上下来，非常关心地看着我。

天哥立马收起鞭子，笑脸相迎："哎呀，那是他演技好，说不定下次就能演个角了。"

"可是，他身上的鞭痕……"

"化妆，化上去的，你不懂，别操心了，外边冷，你快进房车里。"

天哥把女孩送进房车里后，马上又变回了一副恶狠狠的表情盯着我："说，下次不敢了。"

"我，我下次不敢了。"

没想到又是一皮鞭，天哥恶狠狠地对我喊：

"我追了小芝半年，她从来不让我碰，为什么会给你这个跑龙套的做人工呼吸！"

"人工呼吸？"我惊讶地抬起头，难道她把我从冰窟里救上来后，还给我做了人工呼吸？

啪！

这次皮鞭甩到了我的脸上："少给我装蒜。"

接下来是如雨点般的鞭打。

终于，天哥打累了，我身上的棉服也已经被打烂，到处都是红的、白的棉絮，散落在各处。

终于结束，他们回到了车上。

我身上早已没了知觉，这时副导过来，给我松绑，绳子松开后，我瘫坐在了地上，靠着树。

副导叹了口气，给我塞了2000块钱说："辛苦了，回去买点药，剩下的钱，买件羽绒服吧。"

副导也走了。

我艰难地举起右手，手里握着的钱，和我流的血是一个颜色。

房车从我面前驶过带来了一阵风，我没握紧钞票，撒了一地。

我赶紧爬过去一张张地捡。

这时房车又退了过来，车窗摇下，天哥指着我对小芝说："你看这哥们儿，多敬业，现在还没出戏呢，要不我们再给他加点钱吧。"

天哥从怀里又掏出一把钱，当着小芝的面从窗户撒了出来。

　#

"那后来那些钱你到底捡了没有。"梦神捧着一面镜子，一边自恋，一边和我讲话。

"你满脸马赛克有什么好看的？"我摸了摸自己的脸，在梦里，这些伤疤都消失了。

我继续说道，"我不能白挨那么多打啊，我把钱拿去看医生了。"

梦神："你可真有骨气。"

我："既然我被挂在了歪脖树上，这个梦已经成真了，那就说明我追不上那个叫小芝的姑娘，虽然她很漂亮，而且，还对我做了人工呼吸，可两个人的差距太大了，还是算了吧。"

梦神摇了摇脑袋说："就知道你会放弃，没想到你放弃得这么快。"

说完，梦神又按下了开关。

我又从梦里醒来，一身冷汗。

因为这次，我又做了两个梦。

第一个梦，两个月后，小芝被天哥侵犯了。

第二个梦，两个月后，我打了天哥一巴掌，并把 5 万块钱砸到了他脸上。

我的天。

到底是小芝被天哥侵犯的概率大，还是我赚到 5 万块钱的概率大，用脚后跟想想也知道啊。

要不要先报警，告诉警察两个月后著名影星会侵犯一个姑娘？

警察肯定会以为我疯了。

我在出租屋里思来想去，如果，这两个月，我真的赚到了 5 万块钱，靠自己的努力把这个梦实现，是不是真的会救出小芝？

算了，努力一下试试吧。

\#

现在出去打散工，一小时也就 10 块钱左右的工资，无论我怎么拼命，都不可能在两个月赚到 5 万块钱。看来得另寻办法。

现在唯一的方法，是做天哥的替身。

戏里除了露脸的镜头，所有的打斗，站位，背景戏，特技，都是天哥的替身来演。

我找到了天哥现在的替身。

我摸着他的胳膊，他本能地后退。

我说："别做他替身了，你看你浑身伤。"

他白了我一眼："不做他替身，你给我钱啊。"

我说："我替你做两个月的替身，工资全部给你，我只留 5 万块钱。"

他不可置信地看着我："还有这等好事？你是骗子吧。"

我不好意思地对他说："我一直以来，都是天哥的铁粉，做他的替身，是我一直以来的夙愿。"

他苦笑着拍着我肩膀跟我说："祝福你。"

第二天，我穿着和天哥同样的衣服出现在了剧组。穿着同一款白西装，我竟然比天哥还有型。

剧组里的其他人纷纷赞叹道，果然人靠衣装，那个跑龙套的穿西装还挺像那么回事的嘛。

这句话被天哥听到了，他看了我一眼，没做任何反应。

当天我又做了两个梦。

第一个：天哥把道具刀换成了真刀，我被捅了。

第二个：我捅了天哥一刀。

\#

醒来，我满世界查资料，刀子到底捅在哪里，不会致命。

怎么办，怎么办，上次的鞭子都快要了我半条命，这次换成刀子，我两条命都不够用的啊。

看来我要先下手为强了，只要把刀捅进衣服里，把天哥弄出点皮外伤，应该就算捅了吧。

片场，我溜进道具间，找到了那把刀，我握着刀找到了天哥。

他在树底下抽烟，穿着和我一样的白西装。

我跑过去喊道："天哥！"

他转过头来说："什么事？"

我说："接下来就是天哥被捅的戏份了。"

我拿着刀比画："天哥，要不我先跟你试下戏。"

他说："不用问我，一会儿你当我替身，你和对戏的演员交流就好了。"

我慢慢地凑上去，手握紧了刀柄非常紧张地说："我就捅一下，不捅多。"

天哥低头看到我手里的道具刀，脸色骤变。

"天哥。"

小芝的声音传来，我赶紧把刀收起来。

"哇，你们俩都好帅啊，我都差点没认出你们来。"小芝甩着双马尾，一脸天真。

"我们在探讨剧情，这个小伙子很有潜力。"天哥自然地接过我手里刀，"他刚才问我，刀插在什么地方效果比较好，我觉得这里就行。"

说着，他把刀推进了我的腹部，顿时鲜血染红了白西装。

我只听到天哥毫无演技地大喊："怎么回事，怎么回事，道具刀怎么变成了真刀？"

\#

醒来，我在医院，医生说我昏迷了一个多月。病床床头柜上，放着一张银行卡，是剧组的赔偿款。

我查了一下，不止 5 万块。

我捂着还没痊愈的伤口提着一包现金来到片场，发现只有几个工作人员在收拾片场。

那部剧已经杀青了。

剧组已经解散，我不可能再找到他们了。

算下时间，今天正好就是两个月之后。

一切都晚了，我突然想起，我被捅的那天，他们两人戴了情侣戒指。

还是回家吧。

我站起身来，突然伤口剧烈疼痛，我又晕了过去。

"屁屁屁，这么久了，你还是那么屁。"

梦神顶着马赛克脸走走停停，然后过来踢了我肚子一下："我问你，剧组杀青完会干什么？"

"杀青宴！"

"片场还有工作人员逗留，说明他们杀青宴还没开始。报警
报警，GO GO GO！"

我醒来报完警就抱着钱袋向本市唯一的酒店跑去。

我忍着剧痛和保安厮打，终于挤进了这场杀青宴。

小芝已经被灌醉，趴在桌子上，身边的天哥正用纸巾擦嘴。

我跳到桌子上，伤口已经开始渗血，我艰难地朝天哥走去。

终于来到了天哥的面前。

天哥还是不可一世的表情，但是现在更恶心："就凭你自己
一个人，你能干什么？"

"我不打算干什么，我只想打你一巴掌，吃掌——"最后两
个字，我几乎是用美声唱了出来，恢宏而响亮，一巴掌狠狠地拍
在了他的脸上。

"爽——"

我赶快把包里的5万块钱砸到了他的脸上，然后捂着肚子瘫
倒在餐桌上。

"把他给我摁住，我不信砸不死他！"

我被众人按在了桌子上，天哥抄起酒瓶就要朝我头上砸去。

这时，警察来了。

"有人报案说这里打架斗殴。"

天哥慌张地说："没有啊，警察叔叔，你们看，我们还没吃完饭，哪有什么打架斗殴啊。"

这时我艰难地爬起来撩起衣服露出那个刀伤："不是打架斗殴，是这个大明星杀人未遂。"

天哥锒铛入狱，拍好的片子不得不补拍，因为我演了大量的替身场景，所以导演干脆让我代替天哥，成了该片的主演，补拍那几个露脸的镜头。

梦想还是要有的，万一靠自己的力量实现了呢。

"感觉如何，听说你成了主演。"梦神一脸得意地坐在那里抖脚。

"虽然遇见你之后，我先是差点被淹死，然后被鞭子抽，最后又被捅了一刀。但还是谢谢你，至少我能在电影院里看到我的脸。"

"其实我作为梦神，只有让人做梦的能力。"梦神脸上的马赛克终于停了，露出了一条弧线，形成了一个笑脸，

"真正让梦变成现实的，是你自己啊。"

"能不能不要强行鸡汤！"

"好。"

#

三个月前，天哥同样做了两个梦。

第一个：一个跑龙套的会替代自己成为主演，变成一线明星。

第二个梦：小芝会因车祸而亡。

天哥在梦里向那个一身黑色西装的梦神问道："是不是肯定会实现一个？"

黑色梦神冷冷地说："是的。"

天哥沉思了一会，对梦神说道："你能不能帮我一个忙？"

黑色梦神："请说。"

天哥："无论如何，都不要让第二个梦变成现实。"

黑色梦神："你有什么计划。"

天哥："明天冰洞那场戏，我会挑一个能吃苦的龙套，把这个机会给他。"

黑色梦神："那需要我做什么。"

天哥："换身衣服打扮打扮，去跟随这个龙套演员，帮他变成一线明星吧，我知道你有办法的，对吧？你之前也是这么帮我的。"

嗜睡症

工作 5 分钟，睡觉两小时。

我的嗜睡症，好像越来越严重了。

一个月前，我和李先生去了他的私人实验室协助他完成一场实验。看着那个跟巨型溜溜球似的东西在空中发着光转啊转的，那东西转速越来越快，李先生越来越魔怔，盯着那旋转着的光圈出神。

后来他中途停止了实验，从那儿回来后，我就有了嗜睡的毛病，随时都能睡去，曾在实验室昏睡过去差点烧了这里。然而李先生人很好，看我是个小姑娘也不容易，没有开除我，就让我回家调养，薪水照发。

但我一心只想工作，没有人可以剥夺我工作的乐趣，我四处找医生，但都说是压力太大，要多休息、多锻炼。

这天下午 6 点，我从床上醒来，黄昏的最后一缕夕阳透过窗户洒向了我的床边，美好的一天就要开始了。

伸个懒腰，发现屋子里竟坐着一排警察，啃着汉堡。

"你终于醒了，皮小姐，不用害怕，我们是警察，你可以叫我黄警官，我们是来负责保护你的。"为首的警官喝着可乐说道。

我赶紧捂紧被子，惊恐地看着他们。

"不用捂了，你睡觉时喜欢踢被子，所以……"

"所以什么！"

"没什么。"黄警官认真地说，"你踢被子的时候，我就把兄弟们叫醒，提醒他们赶紧把眼睛捂住别乱看，你放心吧，他们肯定没乱看。"

黄警官说，这几天李先生实验室陆续有员工失踪，为了破案并保护我的安全，便派出了这么一拨干警。

我说我一心劳作，平日也没与人结仇，谁会闲的没事绑架我啊。

他说这次失踪案不一般，似乎只和李先生实验室里的人有关。

李先生的实验室男男女女加起来有 20 人，截至今天，已经失踪了 8 人，这些人就像是凭空消失，找不到丝毫线索。

我开始恐慌，但恐慌没有坚持十分钟，我又睡去了。

我梦见我来到了一个和现实世界几乎一样的地方，只是有些细节略有不同。我在那萧瑟的大街上走着，突然听到有人在喊我，回头，竟然是实验室的同事。他嗵嗵地走着，我跟着他，路上又遇见了其他几位同事，我仔细地数了数，共梦到了 6 位同事。

　　醒来，我急迫地找到黄警官，我说出梦里的几位同事的名字，果然，这六位同事的名字正列在失踪名单中。

　　我把此发现告诉黄警官，而他却显得很平淡："昨天就把失踪人员名单给你看了呀，你当时还哭得梨花带雨的，我还安慰了你半天。"

　　是吗？我怎么不记得有这段，难道我脑子睡坏了？

　　实验室出了事，李先生就让大家这几天先回家休息，自己留在实验室里坚守阵地。

　　那天晚上，黄警官接到电话，李先生也失踪了。

　　我们连忙赶去现场。

　　根据监控显示，李先生最后是进去了角落的一间无尘实验室。

　　可惜的是，无尘实验室里面没有安装监控。

　　但是他没有穿无尘服，我指出，就是那种把人全部蒙起来，类似于忍者的服装。看来李先生进去并不是做实验，而是为了其他事。

　　黄警官听闻立即给我倒了杯水让我继续说。

　　可我突然感到困意来袭，闭上眼之前，我告诉他，无尘实验室内部留不下脚印，进去之后那儿有个两米长的粘尘板，才会留下脚印。

　　这次我梦见了7名同事和一位陌生人，然而李先生并没有出现在这里，这些人依旧在那满是落叶的街道上，毫无目的地向前走。

醒来，发现我睡在一间审问室里，黄警官早已开着台灯，等着审我。

他说粘尘板里的脚印除了有李先生的，还有我的。

无尘实验室里是没有监控摄像头，但是有一台用来记录实验过程的摄像机，里面清楚地记录了事件发生的全部过程。

画面显示，无尘实验室里，我正在苦苦哀求着李先生，他却十分烦躁地拒绝着什么。

然后李先生推开了我转身出去。而我，却默默地掏出一根甩棍紧跟其后。

看到这儿，我倒吸了一口凉气。

这个人就是我，绝不是某一个和我长得很像的人，但是我却一点印象都没有，面对黄警官的审问，我一句话也说不出来。

"你有没有双胞胎姐妹？"黄警官多么希望我有一个双胞胎，可是我没有，从B超到毕业照，都只有我一个人。

"那你有没有梦游症或人格分裂的病史？"黄警官紧张地问。

这，我还真的不知道，这两种病即使有，我本人也不会知道啊。

警官随后叫来了一个医生，经过短短半小时的会诊，他就给出了一份报告。

我有人格分裂。

那就能够解释我为什么会不记得发生在自己身上的事了。

医生介绍说，在我睡觉的时间里，一直有一个人偷占我的身体，过着我的生活。

可我依旧都没感到轻松，因为我以后可能要被关进精神病院，那是一个比监狱更恐怖的地方。

等等。

这个医生好眼熟，而且他整理物品的动作很熟练，熟练得有些刻意，像是久经练习，而不是习惯而为。

我终于想起来了，在梦里和我失踪同事在一起的陌生人，就是他。按理说，他也应该会失踪啊，那现在坐在我面前的是谁。

我上网查询了一下关于他的资料。

果然，他的出诊记录每天都有，可不久前有连续一周没有出诊记录，也没有任何旅行或者其他的记录，像是人间蒸发了一般。

对了，记得我有一次在实验室犯了嗜睡症，连续 6 小时没有关阀门，导致机器严重发热起火。那次我真的是趴在台上睡了 6 小时，醒来胃胀气让我打了半小时的嗝。

这说明，我可能真的是单纯的嗜睡，我就是我，我的身体没有住着第二个人，那这个医生为什么会这么仓促地将我定为人格分裂了呢？可能，他不是真正的医生吧，真正的医生已经失踪，而他只是冒牌货。

我被自己的这个想法吓到了。

我想尽快睡去，想继续回梦里寻找线索，然而，这次却没有睡着。

审问室外传来熟悉的声音。

黄警官打开门兴奋地对我说："罗小姐，李先生出现了。"

李先生头上包着绷带，将我带出了警局。

"这究竟是怎么回事？"我问道。

"你还记得一个月前的实验吗？"李先生紧张地说。

"那不是一个溜溜球吗？"

"那是一场危险的物理实验，我们打开了潘多拉的魔盒，另一个平行世界里的我们，要挤进我们的世界，代替我们生活。"

"什么？"

"他们会想尽一切办法，把你弄到属于他们的世界，然后自己慢慢代替你，霸占你的世界。"

我已经震惊得讲不出话，脑袋飞速运转。

"所以那个世界的'我'来绑架你的时候，不小心被录像机拍到，那么我们这个世界的人就会来抓捕我，如果我被判有罪，那么她也不能愉快地用我的身份在这个世界生活。"我恍然大悟。

李先生接过我的话："所以他们替换了一个神经科医生，给你安上一个人格分裂的病，让你的身份暂时躲避牢狱之灾。当你被精神病院带走后，他们会轻松地把你扔进那个平行时空，然后李鬼换李逵，医生再宣布'你'痊愈，假冒的你就会重新用你的身份生活在这个世界上了。"

"太可怕了，幸亏你还在。"

"嗯，我们都在。"

"我想回家睡一会儿，我累了。"我说。

"看来你嗜睡症好了呀，先别睡，我们回实验室再说。"李先生微笑着说。

回到实验室，发现失踪的大家都已经回来了，正喷着彩带庆祝着，而我的嗜睡症也消失了，看来生活就要回归正常了。

"话说那个世界的'我'下手太慢了，我嗜睡症犯了这么久，她还没把我替换掉。"我和李先生碰了一下酒杯。

"因为她受伤了。"

"怎么受伤了？"

李先生含糊不言，同事们见状拥了过来，倒酒庆祝，觥筹交错中，却看到李先生的眼神暗淡了许多。

不对劲，他们不是在庆祝重生，好像是在庆祝团聚。

团聚，是因为，他们都是替换者。都是一群冒用身份的**魑魅魍魉**。

我害怕地打着摆子，握紧酒杯。

"你是不是又在多想？"李先生过来拍拍我肩膀。

"哦，没，只是最近发生太多事了，我有点累。"我搪塞道。

突然，实验室的大门被打开，黄警官只身一人冲了进来。

"罗小姐，你没事吧？"他紧张地看着我。

"我，我们好着呢，黄警官，现在事情已经解决了，麻烦你不用再……"

嘭！一声枪响，黄警官直直地倒了下去。

转头，一位同事烦躁地举着枪。

看大家的反应，看来这个人是替换者的头。

"小罗在搞事情，她把我们暴露了，看来这个警察也得换成我们的人，尽快去平行世界把另一个黄警官找过来。"他把枪口移向了李先生。

他所说的这个小罗，应该是指另一个我。

李先生顺从地点点头，转身示意我跟他走。

"等一下，为什么把她带走？"那人冷冷地说。

"现在整个实验室，只有我俩是真正的科学家，我需要她帮助。"李先生说道。

重新回到李先生的私人实验室，那个巨型溜溜球还在旋转。

他把还在流血的黄警官扔了进去。

他说："这项平行时空的实验，世界上只有我做了出来，政府也很支持，但实验室里的人接二连三地失踪，我才发现事态的严重性，替换者已经替换了大部分人。为了稳定，我只能不断开启平行时空，频繁进入其中帮他们替换其他人。但是平行时空的那个你，却处处阻碍着人员的替换。我们没有办法，只能让你继续活在这个世界上，让生活恢复正常，直到她把消息透露给了黄警官。我们这次实在是瞒不住了，只能出此下策。"

"这次让我进去吧。"我说。

"你可以吗？"

"什么可以不可以的，我认识的同事朋友全部在另一个时空，那我一个人在这假惺惺的世界里待着有什么意思。"

"那拜托你了。"

"放心，我会和黄警官一起找到另一个黄警官的。"我说。

透过溜溜球的蓝色光晕，我看到血泊中的黄警官开始痉挛。

"我还会回来的。"我对李先生说道，"到时候一定要给我开门哦。"

李先生对我点了点头，我便一鼓作气冲了进去。

进去后，我迅速将受伤的黄先生扶了起来。

"黄警官，坚持住啊，我马上叫医生，千万别睡着啊。"我焦急地说。

"不用叫医生，在这个世界里，受伤都会自己痊愈的。"黄警官躺在地上伸了个懒腰。

"这设定太棒了。"我松了一口气。

等等。

我迅速将脸转向黄警官。

"你为什么会知道这里受伤会自动痊愈？"

"因为我本来就是这个世界的人呀。"黄警官站起身来，陶醉地深吸了一口气。

"啊？"

"嘘。"黄警官用食指堵住了我的嘴巴。

抬头看去，那泛着光晕的蓝色入口已完全关闭，黄警官指了指前面说道："不管怎样，现在这个结局，不是挺美好的吗？"

顺着他的手指望去，马路对面，黄色树叶地毯上，我的同事朋友们正在兴奋地向我招手。

"李教授对你只讲过一句真话。"黄警官说。

"哪一句？"

"他们会想尽一切办法，把你弄到属于他们的世界，然后自己慢慢代替你，霸占你的世界。"

西北小镇

在西北地区，有一个小镇，阳光和煦，树木葱葱，小镇的居民在这里过着平静的生活。

直到这天，这条延伸到沙漠里的公路，出现了一位骑着脚踏车，围着红围巾，背着一把猎枪的奇怪少年。

小镇并不属于旅游城市，对于这个不速之客小镇居民们都倍感好奇。

警察后来发现那把枪只是橡胶做的假枪，就把少年放出来了。

镇上的居民没人愿意为这个奇怪的少年提供工作，所以他从警局出来后，便每日露宿街头。

自行车被雨水淋到泛红锈，衣服也开始破败飘絮，窝在墙角的少年现在变成了正宗的叫花子。

没有人知道为什么这个少年会独自骑脚踏车穿过沙漠来到这个小镇，但是大家所知道的是，自从这个少年来了之后，小镇再无安宁之日。

每天夜里，小镇的居民都会听到外面有奇怪的哨声，而天一亮警察就会接到报案，有人失踪了。

每天都会有哨声响起，有人失踪，无一例外。

于是大家开始怀疑到少年身上了，因为晚上只有他在街上待着。

一行人浩浩荡荡地找到少年。

少年没做反抗，任由众人将他绑起来。

这时，一个女生站出来，想制止他们。

这个女生就住在对面那栋楼上，她说她可以证明，少年整晚都躺在那里，哪儿都没去。

这时，她的父母拉住了她说："瞎说什么，你晚上不睡觉啊？"

然后抱歉地对众人说："小孩子，不懂事，瞎说的。"

少年被送走时，转身瞅了一眼这一家人，最终把目光停在了女生身上。

第二天，女生的父母失踪了，警察接到报案，少年在拘留室听到消息后，突然开始暴躁地砸铁门。

几个警察冲进去想按住他，可少年的力量出奇的大，最终，警察用电棍将他电晕了。

少年醒过来时，天色已经渐黑，他看见警察正要把那女生送回家。

他赶紧大喊："等一下，我有话要说。"

那个女生双眼已经哭红，少年拍了拍她的肩膀安慰了她几句。

随后从身上掏出铜制哨子交给警察。

"别让女孩自己回去，不然下一个失踪的人就是她。"

警察一脸茫然："哨子，所以你是自己招了吗？"

少年："我不是你们要抓的人，但是，你们要抓的人，永远都抓不完，你们小镇也快要沦陷了。"

这时，天色已经完全暗了下来。

警察因为没有证据证明少年是造成失踪案的凶手，就暂时放他回去了。

警局派黄警官送女生回家，于是三个人就顺路一行走了。

路上，黄警官试图向少年搭话，问他为什么要来这个小镇、家人呢？可少年一路上眼睛一直四处飘动，好像在警惕周围潜伏着什么怪物似的，就没回黄警官话。

突然，安静的马路上，出现了诡异的哨声。

少年赶紧停下脚步，拉着黄警官和女生躲进附近的一幢建筑物里。

黄警官赶紧把枪拔出来，进入作战状态。

女生则害怕地抱紧少年的胳膊。

少年："别出声，它们不是人，开枪没用。"

"不是人？小伙子，我当警察这么多年，可不是吓大的，肯定是拐卖团伙在这里装神弄鬼呢，你们俩在后面躲着就好，我枪法很准的。"

说着，黄警官慢慢地把枪上了膛。

一声清脆的上膛声像是投入平静湖面的石子，原本寂静的夜里泛起层层涟漪。

少年听到不远处有厚重的脚步声朝这边跑来。

"快走！"少年喊道。

可黄警官不为所动，看样子是要硬来。

少年叹了口气，领着女生逃走了。

"这可是大案子，今晚把这帮狗贼捉住了，就能升职给孩子挣奶粉了。"

脚步声渐进，黄警官举着枪跳到马路上大喊："别动，我是警察，再动我开枪了。"

昏黄的路灯下，黄警官看到眼前有三个穿黑色风衣的人，两男一女，令人诧异的是，三个人全身上下没有别的颜色，连肤色都和风衣的颜色一样，纯黑，只有眼睛和牙齿是白的。

三个人见到他很兴奋，你推我攘地争着朝警察跑来。

"别动，我真开枪了！"

黄警官低下枪口，扣动了扳机，子弹穿过了最前面那个人的膝盖，黑色血液溅了一路，那人摔倒滚了一圈，一秒后，竟像没事人一样站了起来，继续朝警察跑去。

"我的天，什么鬼！"

黄警官连开好几枪，可子弹就像是射进了棉花里，丝毫不起作用。

黄警官失望地放下枪，眼神黯然自言自语："老婆啊，早知道我就该听那小伙子的话的。"

第二天，警察失踪，他老婆挺着大肚子在警察局里一直哭。

其他警察一边安慰黄太太，一边仔细听着黄警官晚上出事时留下的录音："我是老黄，他们用枪打不死，穿着黑风衣，脸也是黑的。我现在动不了，不知道他们要把我拖到哪里去。"

黄太太握着黄警官留在马路上的手机哭喊着："没想到最后还想着破案，你心里到底还有没有我这个老婆和你的孩子呀？"

小镇里几乎没有监控，黄警官留下的语音是很重要的线索。

此时，警察局外越来越嘈杂，出门一看，发现小镇的所有居民全都聚集在了一起。

这时，那个少年赶了过来。

他站在人群中，他让大家等一下，然后钻进了警察局里。

"我知道失踪的秘密，但是我现在不清楚到底要不要把真相公之于众。这一切，都是我老家那个变态科学家所制作的人性游戏，而这个游戏最危险的地方，就是让所有人知道规则。"

警察找到一个凳子递给少年，示意他继续往下说。

"捉迷藏游戏，晚上，那些黑衣人会在一声哨响过后去捉普通人，普通人被捉到的后果不是失踪，而是会被他们同化，也变成每天晚上寻找猎物的黑衣人。"

警察睁大了眼睛，觉得很不可思议："所以，你老家已经被黑衣人占领了，你自己跑了出来。"

少年："没错。"

警察："可，可这怎么可能，你所说的科学家怎么会有这么厉害的能力，竟然能制造出不怕子弹的怪物。"

少年："很简单，只要另一种痛苦比子弹带来的痛苦剧烈百倍，他们当然觉得子弹只是挠痒痒罢了。"

少年继续说道："科学家只是制作出了一种毒素，感染这种毒素的人会每日陷入巨大的痛苦之中，如陷地狱，让整个人的理智陷入崩溃；而且，这种神经毒素可以在人体内自行合成。"

警察："可怕，这种毒素有解药吗。"

少年："有，只要黑衣人抓够五个人，通过皮肤接触就把自己体内的毒素传给他们，让他们变成黑衣人，自己就会变成正常人，五个换一个。"

警察若有所思："那有什么办法能直接杀掉黑衣人吗？"

少年："脖子，他们的弱点是脖子，把脖子刺穿，黑衣人就会失去行动能力，彻底死去。"

警察自言自语道："到底是何等的变态，才会发明出这么恶心的毒素。"

少年没说话，因为那个科学家就是他父亲。

因为父亲有毒瘾，家里的钱全都被父亲拿去买毒品去了，后来母亲实在忍不了，便离家出走了。

　　于是父亲下定决心要戒毒，就花了半年，研制出了这种毒素，打算以毒攻毒。

　　毒素研制到一半的时候，少年进实验室玩耍，不小心打翻了试管，玻璃刺穿了少年的皮肤，毒素也流了进去。

　　少年受到感染，日日夜夜都陷入痛苦之中，他父亲实在不忍心看自己儿子受这样的罪，就骗四个人来家里做客，算上他父亲自己，一共五个人，让少年从痛苦中解脱了出来。

　　而包括父亲在内的五个人都感染变异，成了黑夜里的怪物。

　　少年眼睁睁地看着自己的老家慢慢被黑色怪物吞噬，而这一切，都是因为父亲要救自己。

　　所以，少年逃离了小镇。

　　然而，黑衣人群在满脑痛苦中挤出了一丝理智，成立了一个组织，他们有计划性地去捉正常人，目的是让自己变回正常人；而自己变成正常人后，因为有了抗体，就再也不怕被感染了。

　　整段对话，都被黄太太听到了，只见她抹了抹眼泪，一声不吭地离开了警察局。

　　警察告诉少年："如果你说的是真的，五个正常人换一个正常人，无论怎么算，都是亏的。所以我们还是不要告诉小镇居民好了，只告诉他们，准备好武器，晚上遇到黑衣人来抓人，就用武器刺穿他们的脖子。"

　　少年："可在某种意义上来讲，他们还是活人，这样做，是不是不太合适？"

警察："没办法，这是让伤害降为最低最好的办法，五个换一个，真的是很不划算。"

少年点点头。

这时，那个女生急慌慌地跑了进来。

"警察叔叔，外面有情况，第一个失踪的人已经回来了。"

警察和少年听后赶紧出去。

只见一群人之间有一对男女紧紧地抱在一起，男的的确是最先失踪的那个人，那个女的报的案，是他的老婆，此情此景，很是感人。

那个男人环顾了一下四周，目光无意间在几个人的身上停留了一会儿，然后牵着老婆的手回家了。

警察碰了一下我肩膀："所以这个人已经感染完了 5 个人，回归正常了？"

少年："没错，刚才他目光停留的那几个人，都报过案，看样子，他们的家属都被这个男子变成了黑夜怪物。如果不出意外的话，这个男的应该会在明天之内离开这个小镇。"

"每一个怪物都有机会变回正常人，每一个受害者都有机会平安无事，所以，即使这样，我们也要杀掉黑夜怪物吗？"少年问道。

可能这的确是一个很难回答的问题。

警察这次没有回答，只是在给手下下达命令：

"通知小镇所有居民，晚上 7 点开始宵禁，路上不准有人，我们警察要行动捉凶手。"

就在这时，耳边传来了少年和警察自己的声音，定睛一看，原来是黄太太。

少年和警察对话的时候，黄太太在旁边录了音，就是用失踪的黄警官的手机，她正在通过音响，对全镇居民播放这段对话。

"我们有权利知道真相，我们有权利去救自己的亲人，而不是被你们当成怪物猎杀。"

黄太太声泪俱下："我家老黄还要等着抱儿子呢。"

少年紧闭着眼睛，心里想着，糟了，这下小镇真的要沦陷了。

他找到当初那个女生："我们逃跑好不好？"

女生："好。"

小镇居民是聪明的，他们算了一笔账。

现在镇上正常人这么多，即使现在变成了怪物，也会在不长的时间里抓够 5 个人让自己变回正常人，越到最后，变回正常人的机会就越渺茫。

在这种简单的规则下，因为人的胆小和懦弱，都不想着如何打破规则，而是想着如何在现有规则下，让自己的利益最大化。

有些人很强壮，绑了一个黑衣人，又绑了 5 个正常人，让自己在短时间内从正常人，变成怪物，又从怪物变成正常人。

有些人找到了自己变成怪物的亲人，便引诱其他正常人进入所谓的避难所，然后自己和亲人进去"大杀特杀"。

于是，短时间内，整个小镇都沦陷了。

只剩下五分之一正常人，和五分之四期待变成正常人的夜间怪物。

少年骑着脚踏车，把脖子上的红围脖给了身后打哆嗦的女生。

他们要去下一个小镇避难。

不知道小女生的父母有没有变成正常人，如果已经变成了正常人，结果发现自己的女儿失踪了会怎么办。

也不知道黄警官有没有变成正常人，毕竟他和老婆这么恩爱。

一个星期后，两人终于到了下一个小镇。

这个小镇很友好，两人刚进镇，就有宾馆的掌柜过来拉生意。

"二位路途劳累，去我们宾馆休息一会儿吧。"

"可，可是我们身上没多少钱。"少年说。

"哎呀，二位年纪轻轻的，我们怎么忍心让你们露宿街头，我知道你们不会骗我的，没钱就没钱吧，进店后帮我们打扫一下卫生就行了。"

果然是一个热情好客的小镇。

掌柜把少年和女生领到了二楼房间，一开门，少年就惊了。

这里有 5 张床。

还没等少年反应过来，只听啪的一声，掌柜已经把门锁上了。

少年听到门外掌柜正在用十分温柔的声音说话："女儿乖，人给你找齐了，你先去和他们玩一把捉迷藏，玩完你就不黑了，不疼了，然后我再带你去海边游泳好不好？"

一直死

有的人去世了，但他还活着，只是你再也见不到他了。

清早小薇刚睁开眼，她丈夫小木就立马抱住了她，感觉像是很久没见的样子。

小木红着眼睛低声呢喃："今天是 9 月 20 号，还好是梦，还好是梦。"

他俩结婚已经四年，明天就是结婚纪念日，小薇看着眼前的丈夫，觉得很奇怪，就问他："怎么，做噩梦了？"

小木说："我刚才梦到我开警车追嫌犯的时候，出车祸死了，不过还好是梦。"

小木是警察，他每次出任务之前就会做噩梦，小薇早就已经习以为常了。

今天是小木收网捉嫌犯的日子，所以早饭都没吃，他就早早地开车去了警局。

就像是开启潘多拉魔盒的钥匙，小薇在窗边目送小木开车离开小区之后，怪事就接二连三地发生了。

中午小薇去菜市场买完菜回到家，正切着菜呢，突然听到卫生间传来了抽水声，紧接着一个熟悉的身影推门而出，正是老公小木。

小薇："你吓了我一跳，你不是上班去了吗，怎么又回来了？"

小薇注意到老公是穿着睡衣，像是刚起床的状态。

小木噢了一声，然后甩着手臂笑着说："我，我忘记上厕所了，我认马桶，就又回来了，我马上走。"

小木笑得像个发现新玩具的小孩，和小薇打完招呼后，就笑嘻嘻地拎着外套出门了。

小薇笑着摇了摇头。

正巧，小薇去菜市场买了小木爱吃的香蕉，她赶紧追出去想让他带几根去上班。

前前后后才不到三秒钟的间隔，小薇开门出去后却发现楼道里空无一人，小薇感到很奇怪，刚才小木明明出门了，可现在就像是凭空消失了一般。

正当小薇疑惑之际，一阵风吹来，门"砰"的一声关上了。

小薇举着香蕉一脸蒙，她被锁在了门外。

正在这时，门又咔嗒一声开了。

小薇吓了一跳，此时屋里不可能有人，家里也没有养猫，现在怎么会有人在里面开门呢。

小薇举着香蕉紧盯着门缝。

伴随着刺耳的吱呀声，门逐渐打开了，小薇看到屋里站着的竟是小木，他依旧穿着睡衣，头发乱糟糟的，正在刷牙。

小木口含着泡沫支支吾吾地说："我说怎么一清早见不到你人，原来是出去帮我买香蕉去了，谢了老婆。"

小薇目瞪口呆，呆呆地站在门口不敢挪动半步，她指了指楼道又指了指房间皱着眉头："你怎么会……"

小木刷牙的动作停了一秒，随即拔掉牙刷然后伸出一只手按住小薇的头把她搂了进去："让你平时多睡觉，少干活，你看，你都累出幻觉来了。"

小薇揉了揉自己太阳穴，遂跟着小木进屋了。

回到厨房，小薇发现灶台打不着火。原来是忘记交燃气费。

此时小木一手握着一根筷子坐在餐桌旁敲着盘子："老婆，我好饿啊。"

小薇简单回应了几句，然后掏出手机给燃气站打电话。

电话刚接通，对面工作人员就通过电话跟她说："你先生已经过来缴费啦，一会儿就恢复燃气啦，你不用再打电话过来啦。"

此时电话那头，又传过来一个男人的声音："喂，老婆，家里是不是没酱油了，我要不要顺路买瓶带回去？"

这是小木的声音，小薇震惊地把头转向餐桌，这里还有个小木，正握着筷子眼巴巴地瞅着小薇。

小薇重新拧了一下开关，燃气果然恢复了正常。

小薇转身拿起菜刀，双手紧握着刀柄对着餐桌前的小木说："怎么回事，为什么燃气站那里，还有一个你？"

小木放下筷子："你该不会是听错了吧，家里不是有酱油吗？你应该是又出现幻觉了。"

小薇："幻觉？"小薇慢慢放下了菜刀，然后又突然举起，"不对劲，刚才电话声那么小，你又是怎么知道酱油的事。"

小木的目光明显暗淡了下来，他说："我会给你解释清楚的，不过，我们先吃顿热饭好不好。"

小薇点了点头，给小木做了一桌子菜给他端上了桌，然后自己握着菜刀坐他对面。

小木吃完饭看了看表，就拎着外套出门了，临走前他交给了小薇一封信。

此时，空荡荡的房间里只剩下小薇待在里面。

她打开了信封，里面是小木的字迹：

亲爱的小薇，我不知道如何才能告诉你事情的原委，我害怕见到你听见真相后的表情，所以我打算借此方式告诉你事情的真相。

9月20日，也就是今天，下午7点钟，在追逐嫌犯的过程中，我和他双双坠河身亡，我以为我死了，我心里想着明天是我们的结婚纪念日，今天就死了可真是太可惜了，可能是上天的怜悯，等我睁开眼睛，我发现我是躺在你身边，时间是9月20号早晨7点，我们还没起床。我以为这一切都是一场梦，于是便和你说了声早安，就继续去警局准备当天的追捕工作了。

然而我没想到的是，那天的剧情竟然重演，我又和他坠河身亡了，再醒来时，我还是躺在家里的床上。

后来我才明白，我的的确确是死了，在旁人眼里来看，9月20日下午7点死亡之后，这个世界上再也没有我的存在了，但是对于我来说，却永远被困在了9月20号这一天，每天重复过着同样的生活。可能是上天对我的怜悯，给我机会向你做最后的道别。

第二天，第三天，第四天，我享受着重复过同一天的日子，和你度过一个愉快的早晨后，我就去警察局捉弄其他同事，然而，好日子没过多久，我发觉到，每一次轮回，我的死对头，我所追捕的嫌犯，他也存在，我不确定他是不是和我一样也被困在了9月20号这一天，如果是这样的话，那么他肯定会借此机会，每天都去抽空调查我的信息，最后将会知道我的所有资料，比如我的家庭住址，还有我的妻子——你的信息。

事实上，我的顾虑没有错，在上一次轮回中，他曾提到了你，我明白这是威胁，我担心事情再发展下去你会受到牵连，所以我只能在每次的轮回中，继续追捕他、除掉他让我们的每天的结局都是坠河身亡。

我本来想在一个晚上告诉你所有真相，因为这样的话，未来的我们的正常的生活会长一点，不过现在这种情况也不坏，至少我们过了个愉快的早晨，下午我就要去捉嫌犯了，因为我只要保证你今天安全，到达21号后，你就永远安全了。因为从那天之后，你的世界里，就再也没有这个嫌犯的存在了。可能也会没有我的存在，不过，嘿嘿，我的世界可每天都有你，这一点你很羡慕我吧？哈哈。

我爱你。

小薇捏着信纸，手足无措，今天不是愚人节，但她很希望这一切都是丈夫小木给她开的玩笑。

明明是大中午，艳阳高照，屋里的小薇却感到了无尽的寒冷和空虚。她打电话给丈夫小木，语音提示对方已关机，小薇知道小木又在执行任务，她只能像往常一样，等着小木短信回复，报平安。

到了晚上七点钟，小薇始终没有收到小木发来的短信。

打开电视，是新闻直播，直播最后的画面是几艘船正在打捞落入河中的两辆车，已经打捞上来的是一辆警车，小薇一眼就认出，那就是丈夫小木的车。

然后就是小木的尸体从车中搬出，盖上白布……

小薇不断关电视，开电视，摆天线，掏手机查看短信，她不敢相信这一切都是真的。

最终，小薇双眼一黑，昏倒在了客厅。

不知过了多久，小薇被电话铃声吵醒，电话接通，那边传来的竟然是小木的声音：

"老婆，我买到酱油了，今晚我下厨，咱们吃顿好的好不好？"

灵魂警探

警署猛拍桌子，灰尘逐渐散去，脸像晨雾中凶狠的怪兽。

"一个月，给你们一个月的时间，再找不出凶手，我就把这警察局拆了盖火葬场，把你们都烧了。"

"Yes，sir！"

警署摔门而去，房间里的警察们围在黄警官身边帮他出谋划策。

"请问辞职是直接撂枪走人吗？还是走程序？"

黄警官双臂旋转把周围人甩开，然后皱着眉头说："再怎么说，我也是你们长官，怎么能说辞职就辞职呢？咱只要团结一心，一定没有过不去的坎，咱要努力，咱要奋斗！"

"黄 sir，我们只在受害人的冰箱里发现了一桶女受害人的血，法医说流了这么多血，肯定活不了了，但是我们至今都还没找到受害人的尸体，不是我们能力不行，是真的没有线索呀。"

黄警官捶捶手说："看来，还得把白东请来。"此话一出，众人闻风色变落荒而逃，只有一个刚从警校毕业的女警官小玥拿着刚买回来的烤红薯不知所措。

黄警官走过去一把抢走红薯笑眯眯地对她说："小玥呀，从警校毕业出来有一个月了吧，这边给你派一个超简单的任务好不好呀？请不要拒绝，你要努力，要奋斗。"

白东，是一个高高瘦瘦的高中生，半年前，警察接到面馆老板报案，说有一个客人书包里用保鲜袋包着一只胳膊，这个客人就是白东。

当时白东向警察解释，胳膊是在河边偶然捡到的，之所以带在身上，是想把所有部位找齐再交给警察。

警察非常感动，随后就把他逮捕了。

白东在被关的半个月内，安静地在里面做作业。外面却忙得焦头烂额，最后警察终于找到了凶手，但是抓捕过程中，凶手失足坠落摔死了，所以剩下的尸体一直下落不明。

警察打算把白东放走，白东放出来后，他把一沓草稿纸递给了警察。

上面详细介绍了每块尸块的具体位置，甚至连死者小时候换牙期扔掉的牙齿都被记录在案。

警察看完后十分震惊，又把他关了一个月。

凶手没有把尸块运到其他地方，一直分散着藏匿在本市，而白东才刚刚转学过来，之前并没有来过本市，但是从他交给警方的草稿纸中来看，他对本市地形地貌了解得非常透彻，就像已经在本市生活了几百年似的。

后来警察们才知道，白东是来自十年前名噪一时的"精神病家族"。

白东父母之前就凭借着自己的特殊才能，帮助警察破过不少案件，后来，接触过白东父母的警官们接连无故丧命，于是白东父母被判谋杀，十年前被枪决。

于是，这个"精神病"家族一度成为盘旋在警方上空的梦魇。

他们被枪决后，大家都松了一口气，直到白东的出现，仿佛又回到了那个精神病的世界。

小玥听完同事的介绍后，耸着肩，嘟着嘴一脸衰相地趴在桌子上，不敢相信这个事实，但脑袋里还在盘算着如何能悄悄地找到白东，但不让他记住自己。

这天，小玥身穿风衣，戴着墨镜口罩，在学校门口堵白东。

门卫握着防爆叉默默地和她对视了一小时不敢上前一步，生怕面前这个怪人的风衣里藏着一把枪。

小玥被盯烦了，就扯开口罩露出了一个甜美的微笑。

门卫也笑了，扔掉防爆叉，掏出手机羞涩地走向小玥。

还没等门卫开口，小玥就掏出了警官证。

场面一度十分尴尬，好在门卫及时举起手机自拍缓解了尴尬。

终于等到放学，但小玥站在校门口等到日落西山也没找到白东的身影。

小玥刚要转身回去，发现白东就站在她身后。

"你好小玥，我是白东。"

"不不不，我只是一个变态，你认错人了。"小玥本想通知一下就离开，没想到竟然被认出来了，一下子慌了神。

"走吧，吃肉去，我等你一天啦。"

"哦，好吧。"

快餐店里，白东对着一桌子东西大快朵颐，小玥依旧把自己捂得严严实实的。

白东瞄了她一眼说："你可以继续蒙着脸不吃东西，但是你可以把嘴角糊掉的口红擦一下吗？影响我食欲。"

小玥摘掉口罩，拿出化妆镜，发现嘴角真的糊掉了，赶紧转过头去擦掉了。

"我只是一个普通的高中生，不用这么怕我。"白东说。

"江户川柯南也是个普通的小学生呢，大家也怕他啊。"小玥无辜地说道。

白东摇了摇头笑着说："现在警校真是什么傻白甜都招。"

"我可不是傻白甜，我一直凭实力。"小玥说完就伸手在书包里掏来掏去。

"你掏什么。"

"我可是警校的优秀毕业生，证书我一直带在身边。"

白东挥挥手说："不用了，我相信你是优秀的，但是，这次案件我可能帮不了你们。"

小玥长舒了一口气站起身来背起包:"那祝你学业进步,身体健康,再见……"

"求求你了,快杀了我吧。"

走到门口的小玥突然听到白东嘴里冒出了这样一句话。

"你刚才说什么?"小玥吃惊地望着白东。

"我刚才说什么了?"

"你让我快杀了你。"

"太好了。"说完,白东牵着小玥快速离开了餐馆,只留下了拿着菜刀一脸蒙相的快餐店老板。

白东把小玥带到自己卧室,关上了房门。

小玥发现他卧室四周都是摄像头和录音设备,大吃了一惊然后捂着眼睛喊道:"白东!制作并传播淫秽视频是违法的,我虽然有警察制服,但我是真警察,我会逮捕你的,你未成年也不行。"

白东喊道:"我才不弄那些东西呢!"

小玥:"直播也不行!"

白东没理小玥,打开电脑,小玥跟在白东后面依旧捂着眼睛。

白东点开文件夹里的视频,顿时,房间里充满了喘息声。

"欸,床上怎么只有你一个人?"小玥问道。

"废话,这是我的床,当然只有我,你不是捂着眼睛吗,干吗偷看？"

"我在收集证据。"

视频里的白东，像是在睡觉，但每隔一会儿，都会起床做一些诡异的动作，说一些莫名其妙的话，感觉像是在无实物表演。

"我来到这个城市之后，就突然变成这样了。"白东继续说，"以前只是睡觉时出现这种情况，现在只要自己一发呆，嘴里就会不自觉地蹦出莫名其妙的一句话，有时候，还会伴随一些肢体动作。"

小玥皱着眉头严肃地问："医生怎么说？"

白东："你才是神经病，我这不是病，是能力。"

小玥："你不仅有精神病，而且还有中二病。"

白东："后来我发现，我那些无意识的语言和动作，并不是我自己的，而是来自受害者！那些死者！"

小玥终于有了兴趣："所以上一起碎尸案你就是靠这种能力破获的？那，这种能力是被受害者的魂魄附身？"

白东："不是附身，这些诡异的动作，应该都是受害者经历过的事，只不过是在我身上回放了一遍罢了。我就是记录了这些回放，还原了案件发生的全过程，才破了案。"

小玥："哦，我懂了，你的意思是，受害人遇害前经历的事，比如一些动作、一些话，都被某种力量记录了下来，然后投影在了你身上。当你陷入无意识状态时，那些动作投影才会展现出来，所以你才会在睡觉时，做出那些莫名其妙的动作；而那些动作，可能是受害者在做饭，或者是在做瑜伽，或者正在和凶手对抗。但我有一点还是不明白呀，既然是受害者的动作投影，那被碎尸了，那些尸块又是怎么被你找到的，尸块也有动作吗？"

白东："不，那件案子是巧合，凶手跳楼死了，所以，我接收到的是凶手的投影。"

小玥："那这次冰箱血桶案，你有没有什么线索，受害者有什么投影？"

白东："没有，这一个月来，只有刚才那么一句'快杀了我吧。'就这么一句话，也没有任何动作。"

小玥在电脑里看了一下录像，果然，这一个月白东睡眠质量特别好，躺在床上一动不动。

小玥默念了一下："快杀了我吧。"然后喊道，"这句话太水了吧，为什么她不说'求求你，某某某别杀我'这样直接就破案了呀！"

小玥又转头问道："所以现在仅凭这一句话，破不了案吗？"

白东无奈地摇了摇头。

正当小玥要离开时，白东突然叫住了小玥。

白东激动地指着电脑屏幕问小玥："你看出什么了吗？"

小玥眨巴着眼睛："睡姿挺好的，你是不是在长个？"

白东把这 30 天的录像都调了出来，画面排满了整个屏幕。

白东："我之前每天早晨起床都会看前一天晚上的录像，都没有什么问题，可当 30 个录像放在一起看时，问题就大了，你看，30 天了，睡姿竟然一模一样。"

小玥："这能说明什么？"

白东："之前我一直以为我没有被投影，其实现在看来，我睡觉时，一直都在投影，只不过受害者当时活动不了。"

小玥："女受害人被绑起来了？"

白东："没错，而且那句'快杀了我吧'听起来虚弱无比，应该是被折磨了很久了。"

小玥又看了一遍录像，大叫一声："白东，你看，你的手。"

那是昨天的睡觉录像，天亮前，白东的手正在规律地敲击着床单，如果不认真看，没人会注意到。

小玥："是摩斯电码，稍等，我翻译一下。"

不一会儿，小玥递过来一张纸，上面写着："金江大"。

白东："怎么就三个字？"

小玥："受害者还没敲完，你就醒了啊，后面应该是地名吧。"

白东立马脱掉衣服跳上床："我继续睡，争取把剩下的密码敲完。"

小玥就在旁边看着，不一会儿白东突然从床上跳了起来，面露凶色，举着右手朝小玥冲去。

白东把小玥按在床上，左手掐着她的脖子，右手握着空气不断抵着小玥的脖子，小玥动弹不得，只能胡乱地踢腿。

这时，房门突然被踢开，进来一群警察，其中一人开枪射中了白东的肩膀。

白东清醒过来，震惊地看着满屋子的警察，然后捂着伤口用充满歉意的口吻对小玥说："对不起，凶手又死了，我被凶手动作投影了。"

"我看你才是凶手吧。"警察把白东扣上手铐，带走了。

"犯罪嫌疑人喜欢引诱受害者进入卧室，然后进行杀害，通过贩卖摄录恐怖血腥视频获利。"黄警官笑嘻嘻地推给小玥一盘烤红薯，"这次钓鱼执法很成功呀，我们终于收集到了足够证据起诉白东了。"

小玥不敢相信这个事实，呆呆地盯着黄警官："可，可他帮我们破过碎尸案呀。"

黄警官笑着说："你真是个傻白甜啊，那是因为他就是那件碎尸案的凶手啊，不然他怎么可能找齐所有尸块。什么死者动作投影，只不过是在意淫自己是个天才神探而已，和他爸妈一样，都是神经病，都该被枪决。"

透过监控，小玥看到关押室里的白东安静地站在床边一动不动。

警署也满意地拍了拍黄警官的肩膀，表示干得不错。

表彰大会，警署宣布黄 sir 升为副局长，台下一片欢呼，这个恐怖的杀人案件终于告破。

小玥作为大功臣被黄 sir 邀请上台讲话。

台下媒体纷纷问道:"小玥,听说你刚从警校毕业,作为一个新人执行这有难度的任务,心里有压力吗?"

小玥面对台下的闪光灯有点紧张,手握着话筒不知道说什么,小玥只觉得两眼发白,嘴唇动了几下。

"我没输,我会替我爸妈报仇的。"

众人一脸蒙相。

随后一个警察表情严肃地跑上台对黄警官说了一个消息:"白东从关押室里消失了。"

表彰大会提前结束,黄警官派人全城搜索,但活不见人,死不见尸,一无所获。

小玥迷迷糊糊地回家,手机突然收到了一条视频消息。

打开视频,这好像是在白东家没放完的另一半录像,床上的白东依旧一动不动,手指不断敲击着床板。

翻译过来,发现是这样三个字:"儿,快逃。"

小玥看着字条吓了一跳,赶紧背了一串法律条文使自己冷静了下来。

她坐在床上仔细分析了一下。

假设白东是被冤枉的,他真的有被动作投射的能力,而且刚才那个视频也是他被动作投射的过程,这些都是真的,那么那个受害者竟然懂得偷偷用敲床板的方式传达信息。说明她知道自己会死，而且死后，自己的动作会投影到白东身上，而且，这个受害者，是白东的母亲！

不可能，黄警官说白东父母十年前已经被枪决了。

小玥越想脑袋瓜越疼，白天表彰大会的时候，她面对着记者也无意识地说出的那句："我没输，我会替我父母报仇的。"看起来似乎也像是动作投影。

听同事讲，白东在关押室消失了，而自己又说了关于父母的投影，莫非，那句话是白东的投影，所以，白东死了？

小玥作为一个**警察**，虽然有些害怕，但还是决定弄清楚这些。她打开手机摄像头对着床，然后自己躺在床上，闭上眼睛，希望能有更多的投影过来作为线索。

小玥迷迷糊糊地睡着了，第二天看录像，发现果然有了非同寻常的举动。

"我是白东，小玥，虽然我们才认识不到一天，但是我真的需要你的帮助，金江大桥底下有一个废弃的下水井，去那里找我们。"

这些都是小玥自己对着摄像头所讲的话，但眼神和语气，就是白东。

白东难道没死？还有，为什么是"我们"？除了他还有谁？

此时电话铃声响了，小玥接通电话，是黄警官打来的，他问小玥休息好了没，要不要回去上班，要不要去接她？

挂掉电话，小玥透过窗户看到楼下竟然开来了四五辆警车，那些同事装备齐全朝楼梯跑去。这个阵势，看起来不像是接女同事上班，而是在抓捕犯人。

简单思考了一会儿，小玥还是从窗户爬出去，逃走来到了金江大桥。小玥在桥底下终于找到了那个下水井。里面是一个很简陋的地下室，白东躺在床上，奄奄一息。

小玥马上扑了过去紧张地喊道："白东，你还好吧？对，叫救护车。"小玥打开手机刚要打120，暗处突然出现了一个中年男子制止了她。

是警署。

"实验成功了。"警署上下打量着小玥笑着说，"原来这么简单就可以制作出一个可以将受害者动作投影的超能力警察出来啊，以前那些都是走弯路啊。"

"什么意思，警署？"小玥皱着眉头看着他。

警署长吸一口烟继续说："十年前，我们刑侦手段还不够完善，造成了很多冤假错案，一些血案也成了悬案。那个时候白东爸妈突然出现了，凭借着他们特殊的才能，帮我们破获了很多案子。那个时候我们就在想，他们的能力，能不能复制下来呢，于是我们就把他们'留'了下来。

"后来我们发现，只有白东妈妈有这种能力，我们就只把他妈妈送到了实验室，但是他爸爸不肯啊，三番五次不听劝阻、起义、反抗，殴打警察，说是要救回他妻子。我们没有办法，只能处死了他。这十年来，我们一直把白东妈妈绑在实验室的床上，抽血研究，但是毫无进展。后来我们偶然发现了白东，奇怪的是，原先白东并没有这种能力，他来本市也是偶然，但来了之后，他突然就有了这种能力，而且能力比他妈妈还强。

"我们才知道，因为白东妈妈十年来一直被绑在实验室，只有一些手指能活动，意识模糊，成了半死不活的状态，没想到除了死亡，在这种半死不活的状态下她能把自己的动作主动投影给白东，从而达到实时沟通的效果，而这种主动投影的副作用就是，从此以后白东也具备了这种受害者动作投影的能力。为了验证这个猜想，我们把白东也抓了过来，强迫他在半死不活的状态下投影你，结果果然成功了，以后你就是一个能还原犯罪过程的超能力警察了，开心吧？"

小玥蒙了。

白东妈妈的那个敲床板的动作投影原本是提醒白东离开这个城市，没想到到最后却害了白东。

小玥听完这么一大串，虽然没怎么听懂，但还是知道眼前这个领导是个坏人，这一切都是他设下的一个局。不知道他在十年前到底经历了什么才变得这么扭曲，但现在自己已经沦落成了警署的一个棋子，可能不久以后，自己也会像白东一样，变成生产超能力警察的工具。

这时，身后突然传来一声巨响，随后就是嘈杂的脚步声。

是黄警官。

他手里拿着小玥的手机，慢悠悠地递还给了她，然后很纠结地走到警署边上给他戴上了手铐。

黄警官又笑嘻嘻地递给小玥一个烤红薯："这次钓鱼执法很成功呀，我们终于收集到了足够证据起诉警署了。"

说完这句话，黄警官艰难地走到了白东床边，深情地摸了一下他的脸，然后也晕倒在地。

十年前，黄警官还只是一个连制服都撑不起来的狱警，负责看守白东他爸爸，没想到黄警官刚结婚不久，就患上了脑瘤。那个年代医疗水平不强，医生告诉他只有三个月的命可以活，但他妻子刚刚怀孕，黄警官怕她受影响，没告诉她，就照常上班。但这一切都被白东爸爸看穿了，白东爸爸打算孤注一掷和黄警官做了一个交易。

白东爸爸虽然没有白东妈妈那种可以接受死者动作投影的能力，但他却可以把自己的灵魂注入别人的身体中。

白东爸爸借用黄警官身体的这几年，会完全扮演成黄警官，帮他照顾好妻女；自己报完仇后，会主动离开他的身体，由原来的黄警官掌控。

交易达成，于是那天，白东爸爸变成了一具尸体，黄警官变成了一个健康的狱警。

十年来，白东爸爸用黄警官的身份一直寻找妻儿的下落，和幕后元凶，有些时候就算找到了也不能相认，就是为了能在最后，把大 boss 揪出来。

医院里，黄警官醒了过来，但是见到小玥和同事却一脸陌生，像是不认识他们似的。

医生解释："黄警官脑中的肿瘤已经成功摘除，但后遗症可能是有些失忆，等他慢慢恢复吧。"

这时一个女人满脸泪光问道："你还记得我吗？"

黄警官见到她满眼放光，一把把她抱在怀里激动地说道："你是我老婆，对了，咱女儿现在几岁了？"

小玥把白东拽了过来问黄警官："他是这次案件最大的功臣，那你记得他吗？"

黄警官摇摇头："不认识，不过小伙子挺帅的，你男朋友吗？"

"哈哈哈……"

一片欢声笑语。

这时医生走了进来："谁是301房病人的家属，她人醒了。"

小玥非常激动，戳了一下白东。

白东反应过来后，激动到语无伦次："我我我，她是我妈。"

②

童话镇
[CHAPTER TWO]

　　我说他不懂生活，他骂我不懂生存。在这个充满秩序与桎梏的世界里，我还是能找到一些生活的乐趣的。因为我喜欢上了对面那只粉色的圆滚滚。

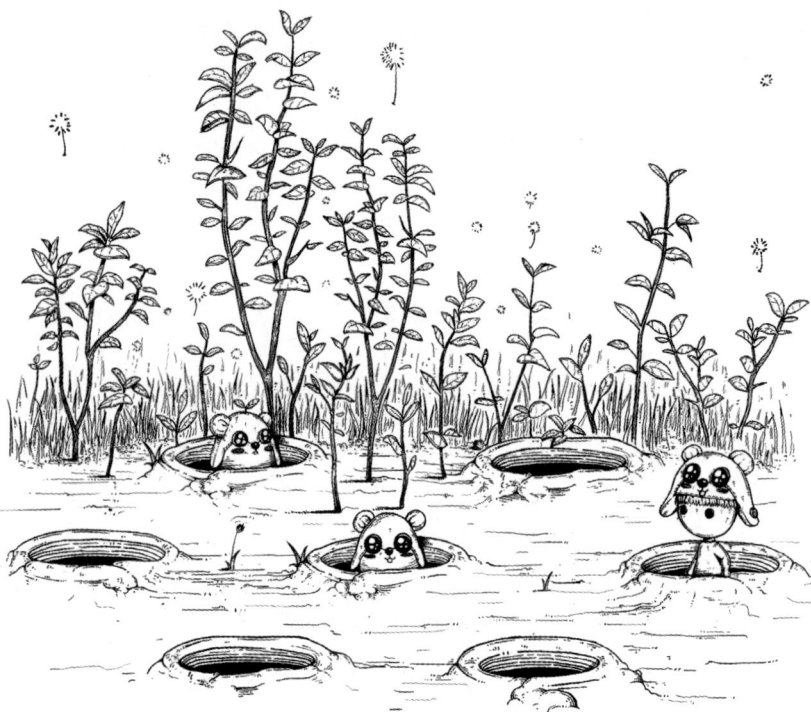

回轮

作为一个小说家，我写出来的东西一直不温不火，每个月只拿着几千块钱的稿费，挣扎在生死线上，有点惨。

作为一个正常人，我写出来的东西，肯定也只是正常人的水平。

所以，我有了一个大胆的决定，去窥探精神病人的世界，吸取创作灵感。

我同时还任职于一家报社，虽然过程坎坷，但我还是联系到了本市一家精神病院的院长，他给我推荐了一位病人。

周六下午，我收拾好东西来到了医院。

对面坐着的是一个抖腿老大爷。头顶只剩了一圈头发，乱糟糟地随风摇曳，大爷咧嘴一笑，露出了两颗金牙："小伙子，说吧，你想知道什么？"

大爷姓秦，样子看起来适合待在村口下象棋。光是看起来，人也挺正常的，怎么会被关进精神病院里呢？

"你好，秦先生，你可以叫我小余，院长跟我说，你对这个世界有全新的看法，是这样吗？"我打开录音笔开始了今天的交流。

"你从小到大是不是许过很多愿？"大爷挠挠头说道。

我："有过，但是那只是对现实的无奈之举吧。"

大爷："没错，每当人们对现实束手无策的时候，才会许愿。但是，我要很遗憾地告诉你一个大秘密，这个世界上并没有神灵，许愿并没有什么用。"

大爷说完，捋了捋头发，得意地躺靠在了椅背上。

说得很对，可这不是人尽皆知的事实吗？

我："嗯，这我知道。"

大爷："不，你不知道。"

我："什么意思？"

大爷："现代人大多都经历了完整系统的科学教育，所以对鬼神学说不怎么相信，但是，证据呢？现在科学只解释了古代时被鬼怪化的一些物理现象而已，并没有直接证明这个世界上到底有没有神。"

大爷："就连爱因斯坦，到最后也变成了有神论者。"

我："所以你认为，现今社会，对于鬼神的问题，依旧没有解决？"

大爷："是这样没错，但是我知道答案！"

我："答案是什么？"

大爷："世界上，并没有鬼神，也没有任何造物主。"

我："你是怎么知道的呢？"

大爷："因为我不属于这个世界。"

我："……我不是很懂。"

大爷："中国有一个传说，就是把东西烧掉，你死去的亲人就能收到这件东西，这个传说，其实是真的。"

我："你刚才不是说这世上没鬼吗？"

大爷："我没说他们是鬼，他们只是我们死后的另一种形态。"

我："换一种说法而已呀。"

大爷："其实你们，还有你们所在的世界所有的一切，正是上层世界口中所说的'鬼'和阴曹地府，上层世界的人'死了'之后，就会'投胎'到这个世界来，这么解释你懂了吗？"

我："你的意思是说，平行时空？"

大爷："不是，如果是平行时空，那么各个时空应该是永不交集的，我所说的这个概念，更像是一层楼。在上层住腻了，就向下搬一层，又住腻了，再往下搬，到了底层后，再搬到顶楼去，循环往复，像是一个圆圈。"

我："这个设定很有意思，请问你是怎么知道的呢？"

大爷："因为我是逆行者？"

我："什么意思？"

大爷："正常人死后，是在往下层搬，而我则相反，是在往上搬。"

我："有意思。"

大爷："其实，到目前为止，我已经差不多穿越了有五六层世界了吧。每一层世界都不一样，有些像古代，有些像魔幻世界，而有的则很像科幻的世界。而我每次重生，可能因为是逆向穿越所以没有'孟婆汤'喝，我会记得每一层世界的所有事情。在这层世界里，是从我8岁，记忆才开始不断涌入的，我清楚地记得，在下一层世界中，有一个对我很好的老奶奶，我来到这个世界中才发现，那个老奶奶正是我死去的姥姥。那个时候，我才了解清楚这个世界的运行机制，以及发生在我身上的奇怪的事。"

我："有没有可能，那些记忆只是你做的梦，或者是你记错了？"

大爷："不可能，我8岁时就有了那些记忆，而我15岁才第一次看到我姥姥的照片。"

我："嗯，我暂时相信你说的这些吧。"

大爷："你不信也没什么，这么多年过去了，你是第一个肯听我讲这么多的人，对了，还有一件事。"

我："什么事？"

大爷："就是那个给死去的亲人烧纸钱，他们会收到，这件事的确是真的。因为我记得我在下一层世界生活时，那个老奶奶的运气特别好，做生意、投资都没有赔过，而且还中过不少彩票，我死后来到这儿才知道，我妈逢年过节都会给我姥姥烧纸钱。"

我："所以，你怀疑，现在这个世界上，所有运气超好的人，都是因为在上一层世界中有人给他们'烧纸钱'什么的？"

大爷："差不多是这个意思，烧纸钱只是其中一个形式，我的意思是，人们有途径可以在自己活着的情况下，影响到下一层世界中的事。"

我："哈哈，看来我在上一层世界中没有什么亲人吧，要不然我的书不会卖得这么差，工作四五年了，存款加起来才5万多。"

大爷："是挺惨的，不过上一层只是能影响你，并不能决定你，所以你要好好写，争取靠自己的能力赚大钱。"

"谢谢你的鼓励。"我笑着说道，"今天和你谈话很开心，非常感谢。"

大爷也很高兴地站起身来，拥抱了我，然后认真地问我："对了，如果上层社会中你的亲人给你'烧纸钱'，你希望是多少。"

我笑了笑："哈哈，不要太多，1000万就好了。"

谈话结束。

我从精神病院出来后，就立刻赶回家着手写小说了。

那位大爷的谈话内容非常受用，经过短短3个月的时间，我便根据这个有趣的设定，写了一部30万字的小说。

小说一经发布，便受到了热捧，粉丝无数，多家出版商找到了我，甚至一些影视公司也想要这个把IP拍成电影、电视剧，一时间我成了话题人物。

几个月后，我终于有空可以休息一会儿了，我想起了精神病院的那位大爷，我觉得有必要当面给他道个谢。我立刻拿起电话打给院长。

电话接通：

"小余啊，很可惜啊，姓秦的那位大爷在你们谈话后的第二天就自杀身亡了。"

怎么会这样？好端端的一个人，怎么说自杀就自杀了呢？

"叮咚！"这时，手机收到了一条短信：

"小余啊，那本小说的影视版权尾款打给你了啊，注意查收一下。"

紧接着手机又收到了一条短信：

"您尾号 0908 的储蓄卡账户 11 月 25 日 15 时 19 分转账收入人民币 4,000,000.00 元，活期余额 10,050,000.00 元。"

正好 1000 万！

你是孙悟空吗

"你是孙悟空?"

小女孩蹲在我面前,舔着棒棒糖,问道。

真受不了这些小屁孩。

虽然我现在比她还小。

我叉着双臂没好气地说道:"你认错人了,吃你的棒棒糖去。"然后转过身继续运气。

"可是你发光的时候我看见你的尾巴了,和它一模一样。"小女孩又蹲到我面前,指着手里的孙悟空玩偶说道。

我吃了一惊,气罩崩坏了一个缺口。我的身型陡然涨到了十岁大小。

师父之前告诉我,不能接触儿女私情,否则功力会慢慢流失。

几千年来,我一直遵循师父的教导,没想到在这个孤儿院里破了功。

小女孩惊呆了，棒棒糖都掉到了地上。

我瞅着她，她瞅着我，场面一度十分尴尬。

铃声响了，起身前，小女孩失落地说道："你要真的是孙悟空就好了，就可以帮我变出个爸爸妈妈来陪我，我就不用留在这孤儿院了。每次有小朋友被领养，老师都会给剩下的小朋友发一个棒棒糖，现在我的棒棒糖多到吃不完，可是……"小女孩噘着嘴走了。

从那时起，我气罩变得越来越脆弱，法力流失严重，身体很快地长大，身上的毛发也逐渐变多，为了防止被发现，只能提前变出一对男女把我领养走。

临走前，小女孩噘着嘴，把老师发给她的棒棒糖送给了我。

二十年后，我的气罩稳固了，我成功地把自己冻龄在了人类的18岁。无忧无虑，上天入地。累了睡在云层里，醒了就从企鹅嘴里抢鱼，喂给另一边的北极熊。这么自由自在的一个人，不知过了多久。很潇洒，也很空虚。

这天，我趴在云层中，用手指戳了两个洞，俯瞰这个世界。碰巧看见一个飞车党手里拿着一个包，身后有一个姑娘提着高跟鞋拼命追着。

我冷哼一声，然后转过身去。

飞车党嘴里咒骂着身后的女人为何如此不知好歹。轱辘飞速旋转，可是他没注意到，摩托车压根没再移动，直到他发现有个诡异的男人手臂环绕在他的腰上。

"开慢点，这样太危险了！"我在他后面装作十分惊恐地喊道。

飞车党被吓得惊慌逃走，车都没要。

姑娘气喘吁吁地赶来，我没等她开口道谢，就从她包里掏出来一把棒棒糖，和一只掉了色的孙悟空玩偶，我叫出了她的名字。

她先是愣了一下，然后也叫出了我的名字。

"你还是那么显小啊，终于又见到你了！"说着说着，她在我毫无防备的情况下，抱住了我。

我心里一阵悸动，双手张着不知放在哪里，又听见气罩破裂的声音，年龄变成了28岁。

她指着我的脸："欸，怎么突然感觉你又不那么小了，是错觉吗？"

"哈哈，妆前妆后，刚才风太大，把妆吹掉了。"

我和她在一起了。

师父告诉过我，一旦坠入儿女情长之中，结局都不怎么美好。一般身体年龄到达30岁时，就会被迫遁入下一道轮回，轮回结束后，那将是几百年之后的事了。

所以我要对仅剩的法力精打细算。

"你猜我今天买了什么水果？"

一下班回家，她就一脸坏笑："给个提示，现在是秋天，不好买的水果哦。"

水蜜桃!

我兴奋地接过她的水果,结果发现她一直盯着我的屁股看,若有所思的样子。

"喂,你想干什么,我不会因为几个美味的水蜜桃,出卖我的屁股的。"

"欸,奇怪,那天晚上难道我看错了?"她一脸疑惑地看着我。

"此话怎讲?"

"那天晚上我睡得迷迷糊糊的,从你屁股后面摸到了一根尾巴,软软的,可萌了,可现在怎么没有了呢?"

"人怎么会长尾巴啊,你肯定是睡迷糊了,还有,你以后不要老针对我屁股好不好,我很没安全感的。"

她眯着眼睛,慢慢靠近我,然后突然伸手拍了一下我的屁股。

"我就针对了,怎么了?"

我的尾巴,只有开心或者伤心的时候,才会不自觉地蹦出来,其他的时间,我当然会严格看守它。

转眼间,年关将至。

我和她裹着被子,在阳台上看烟花。

"其实烟花一点都不好看,红配绿,声音还超级吵人。"她噘着嘴说。

"不是很理解,既然你讨厌,那干吗还看那么久?"

"因为我第一次看烟花的时候，就是和父母一起看的呀，那个时候我应该是很小，记忆里，有一男一女两个人，抱着小小的我，哈着热气，在冬天的夜里，抬头看烟花。"

她转头看向我："那你有没有关于父母的记忆呀？来孤儿院之前的。"

我摇了摇头。

其实我的记忆多着呢，几千年的记忆，可就是没有关于父母的。

原来，父母，对于你们这些凡人来说，这么重要啊。

"我们玩个游戏吧。"我对她说。

"什么？"

"过年的时候，我们分开一段时间，假装我们在陪各自的家人跨年。"

"哇，这么有创意，好啊。"

此时，我 29 岁零 364 天。这天我帮她找到了真正的亲人。

她的父母会在她公司里等她，给她一个惊喜，他们一旦团聚，我便会消失。她会以为我在和她玩游戏，不会很伤心。

我破天荒地要和她一起上班，她很高兴，我对她说公司里会有更大的惊喜。

开车路程只需要十分钟，我把车弄坏。

这样，我们可以走上一小时了。

我们在小区里穿梭，她说她以后也要和我住那样的房子。

到公司前，我送给她一个我亲手做的泥捏孙悟空，告诉她："你先进去，我先去买个早餐。"

如果她现在转过头来，会发现我的尾巴已经露了出来。

失恋工作室

我和女友小余分手了。

意外来得太突然，我在房间里走走停停。作为一个大老爷们儿，我只能把所有情绪淹进酒里，绝不能让别人看出来。

可最终还是撑不住了，便偷偷地在朋友圈发了一张忧郁系的图片，没有配任何文字。

十分钟过去了，6 个人点了赞，无人评论。

也对，没人会闲的没事去揣摩你的心事。

我准备关掉手机。

这时，突然来了一条微信消息。

半年没有联系的女同学小文约我出去喝酒。

"哈哈哈哈……"见面后她一直爽朗地大笑，"虽然我俩住在同一座城市，可这次是第一次约你啊。"

"哈哈哈哈,你是不是分手了,发那么反常的图片,开心不?"

"把我约出来就是为了嘲笑我吗?好吧,你赢了。"我咬开啤酒盖刚准备狂饮而尽,结果被她一把撩走。

"谁规定失恋了必须要喝个大醉啊,你们男人就是爱装,不就失个恋吗,非要演成苦情偶像剧男二号似的,再说,你和小余本来就是异地恋,毕业后就没见过几面,这段感情全靠你硬撑,分手是好事,我约你喝酒的本意是庆祝。"

小文建议我把家里关于小余的东西都扔了,以免触景生情。

但我还是没舍得扔掉,尤其是她送我的那个生日礼物。

隔天,小文过来串门,带过来一只猫。

她介绍说这只猫叫小武,特别有灵气。她说我现在是特殊时期,怕一个人想不开,就抱来一只猫来陪我。

可我总觉得这是一个阴谋。

自从家里养了这只猫,每次下班回家后,家里就像是装修现场,被它抓得一片狼藉,罪魁祸首却像没事一样趴在电视柜上舔着爪子。

我立马打电话给小文,让她赶紧把猫带走,可她说她现在在外地出差一个星期,让我先忍一忍。

为了让你忘掉辣椒给你带来的痛苦,所以给你带来了芥末。

这就是小文小武安慰别人的方法吗,真是服了她。

家具被小武抓烂了,没办法,只能重新去买了。

首先是那条被抓成渔网了的欧式落地大窗帘，我一直觉得我这个小房子里安这么豪气的窗帘有点不伦不类，可当时小余喜欢，就买了，现在拜小猫所赐，终于可以换成我喜欢的性冷淡风了，就一块蓝白布挂上面，清爽。

可能小武也喜欢我的眼光，我所有换过的东西，都逃脱了它的魔爪。而剩下的，就连当时小余来我家过夜时买的一次性牙刷都被它翻了出来。好吧，我统统换掉，正好，失恋后省下的机票钱，可以用来换家具。

一个星期快要过去了，小文就要回来了，谢天谢地，回来后得赶快让它把这个祸害带走。然而，小文突然告诉我，她那里出了意外，还要再待一个星期。

我问她介不介意把猫卖给宠物店，卖的钱作为我的精神赔偿。她说不介意，她家里还有十来只，可以考虑都送我家里来。

好吧。

但是家里的东西似乎已经没有什么值得它去破坏的了。我换了大部分家具，重新换了装饰，一个男人，一只猫，一个干净清爽的家。

这天下班回家，推开家门，发现干净的地板上，安静地躺着一枚一元硬币。

我随手捡起来，放进了储钱罐里。

可奇怪的事情发生了。

连续好几天，每次下班回来，地板上都会躺着一枚硬币，而且都在同一个位置。

事情有点诡异了。

我打电话给小文，问她是不是除了猫，还在我家里放了只小鬼。

她大笑三秒后，突然没了动静，第二天她就提前赶了回来。

进屋后，她并没有对我家的新装饰做过多评价，第一句话就是："猫呢？"

"谢天谢地，你终于要把猫接走了。"我指着趴在电视柜上一动不动的猫说道，"呐，这几天它一直趴在那里，似乎忧郁了，比我还忧郁。"

小文叹了一口气，便把猫带走了。

于是屋里又只剩下我一个人。

人啊，一旦孤独起来，就会乱想。躺在新买的沙发上，我就会想起，我和小余在旧沙发上喝的红酒。

拉开窗帘，我又想起那时候周末小余来找我，我们把厚厚的欧式窗帘拉上，宅在家里看了一天的电影。

原来，换掉家具并不能停止思念一个人。

小猫的所作所为，只不过在伤疤上贴了一个创可贴，看不见的不代表不存在。

我上网搜了一下如何忘掉前女友，意外的是，前几条信息，竟然都是和小文相关的信息。原来小文创办了一个工作室。她会把经过训练的猫猫狗狗租给那些因感情而伤心欲绝的人并帮他们摆脱情伤。现在工作室正在试营业阶段。

可恶的小文，原来拿我当试验对象来了。

我把她约了出来，开始了控诉。小文承认了这一切。我正准备骂她一顿时，她却止不住地叹气。那些租了猫的客户，对她进行了投诉，因为有几只猫行为很古怪。

这几天出差，就是在处理这些事情。她还说，实在不行的话，就关掉工作室，自己找了地方安安稳稳地上班。

我问那些猫怎么办。她苦笑着说，"还能怎么办？卖给宠物店，卖出的钱给客户当精神损失费呗。"

可怜。

和小文道别后，我回到家。发现客厅地板上又多了一枚硬币。

这……这到底是怎么回事啊？

第二天，那里又多了一个硬币。

有趣，我无视那两枚硬币，让它们在那儿躺着吧，我倒要看看一共能攒下多少钱。

三枚……

四枚……

五枚……

六枚……

五枚……

三枚……

零枚……

终于，硬币消失了，从此地板上再也没有出现过硬币。

忘掉这段诡异的小插曲吧。

这时，小文打电话过来，小武失踪了。

"小武失踪了？"

"嗯，我把工作室里的猫陆续地卖给了宠物店，今天他们来买小武，我去猫舍看，它的笼子里是空的，小武逃走了。"

"你真的要把它们都卖给宠物店啊！"我生气地说道。

"没办法啊，工作室开不下去，我又没办法养这么多猫，宠物店可以帮它们找到好归宿。"

小文声音变得沧桑了许多，完全没有了我们喝酒时的那种洒脱。

我着急地在客厅里转圈，突然发现了什么东西，便对着电话那头的小文说道："我知道小武的下落，不过找到它后，养着吧，别卖了。"

"在哪里？"

"它可能还在我家。"

小文来后，我指着电视柜上那细小的抓痕对她说。

"这绝对是小武的痕迹，我最熟悉不过了，还有前几天的硬币事件，我也怀疑是它搞的鬼。

"那，小武躲起来了吗？我们怎样才能找到它？"

"先装个录像机，看看它都干了什么。"

当天，我们就在房间里装了三个摄像头，全方位捕捉小武的踪迹。

晚上下班回来，我把小文约来一起看录像。

上午并没有发现什么异常。直到下午两点，录像里才有了一个熟悉的身影。

小武灵活地从窗户跳了进来，它身上脏兮兮的，有些毛都已经变成了一撮。

但它嘴里叼着的硬币是干净的，只见它拖着疲惫的身子跳到电视柜上，向储钱罐走去。

那个电动储钱罐，是前女友小余送给我的生日礼物，我一直觉得这是小女生的玩具，就一直放在电视柜上，只放过几次硬币。

储钱罐是个塑料纸箱子的形状，小武把硬币叼到纸箱子上边的一个塑料盘上时，纸箱子上面便开出了一条缝，从缝中伸出了一条塑料猫爪，蹭地一下，就把硬币捞进了箱子里，小武便趁机抬起小爪与那塑料小爪打招呼，从缝隙中还能看到里面小猫的半张脸。

小武似乎在尝试叫它出来一起玩耍。

可它怎么会出来呢，几秒后，爪子无情地收了回去，箱子关闭，小武则失望得趴在电视柜上呆呆地瞅着那个存钱罐。直到下午 6 点才离开。

"小武不会爱上这个玩具了吧。"我笑道。

"为了三秒的相遇，小武可能要在外面花费几小时去寻找一枚硬币。"小文心疼地说道。

我起身把存钱罐拿起来，颠了颠，沉甸甸的，看起来里面至少有上百枚硬币，难以想象小武在外面受了多少苦。

"小武其实和你一样。"小文突然说。

"啊，什么意思？"我不解地问道。

"你拼命工作赚钱，为的就是每个月发工资的那个周末飞去小余的城市和她逛街约会买买买；你有时会思考，为什么小余不愿和你生活在同一个城市，你会觉得是你自己不够好，于是你拼命赚钱，打算在这里买房，这样就有理由把她接过来了。可是，你爱她，她并不爱你，她不愿意离开她所在的箱子，你也进不去她的箱子，因为她压根都没有向朋友提过你。还有，这么幼稚的存钱罐，送给男生做生日礼物合适吗？因为这是别人送给她的礼物，她嫌幼稚，才送给你的。"

"你为什么这么清楚？"

"因为我出差的那一个星期，服务的一个客户就是你前女友小余的朋友。"

我抓起储钱罐往地上摔去，无数个硬币洒落一地，小文被吓得连退几步。

后来我买了一只招财猫放在电视柜上，并且把摄像机拆了，因为小武和我太像，我不想知道小武看到招财猫后会有什么反应，对与错，随它去吧。

最后，我也终于通过这件事彻底从情伤中走了出来。

　　几个月后，我从新闻中又看到了小文和小武。背景是小文的工作室扩张剪彩。

　　工作室里的小猫又多了很多，看来不用再卖给宠物店了。

　　面对记者采访成功经验，小文则对着记者说道：

　　"在这里，我要感谢一位朋友，他那时候正好感情受挫，我就和小武为他量身定做了一系列的实验，现在他已经完全从上一段感情中解脱了出来。实验成功了，我就有了继续把工作室开下去的勇气。"

　　你开心就好，盯着电视机中的小文，我笑了，你的小套路，还停留在大学时的水平，你实力足够，可为什么那么不自信，非要用实验来证明一切呢？

　　大学时，你花了半年时间了解我，因为不自信，就把资料给了同样喜欢我的小余，结果我和小余在一起了，你花了整整一年证明了你原本可以和我在一起，可那仅仅是本可以啊。

不要拿走筷子

\#

这条古街热闹非凡，世上所有美食全部聚集在了这里。一些食客专门从全国各地赶来参加这场美味盛宴。

我是本地人，也过来吃饭，算是来凑个热闹。

临走前，我发现墙上挂着一个奇怪的牌匾，上面用刚劲有力的书法写着六个大字："谢绝带走筷子"。

呃，我困惑地瞅了一眼手里的筷子，就是普通的两根塑料筷子嘛，老板是不是有毛病，哪会有人吃完饭带走筷子？

我捏着筷子敲了一下盘子。

"啊，疼！"传来了一个娇弱的声音。

吓得我赶紧把筷子扔了出去。

刚才是什么情况？

声音是从哪里传来的？我冷静下来，发现那筷子安静地躺在桌子上，并没有任何异常，盘子也是。

什么啊，不知是哪桌在吃饭的时候看小电影呢吧，害我疑神疑鬼。

我起身结完账刚准备出去，却被服务员叫住了："哎，先生，先等一下。"

这时，有人经过我那桌，那桌子上的盘子竟然突然掉了下来，汤汁和碎片溅得到处都是。

那人被吓了一跳，服务员却没有立刻前去处理，而是向我这边走来。

"啊，疼！"那人突然大叫，捂着脚脖子单腿在那里蹦跶。服务员见状赶快跑过去处理。

我也叹着气走出餐馆。单也买了，没拿东西，也没落东西，把我叫住干吗？奇奇怪怪。

回到家，合租室友小离竟然做了饭。

我是了解她的，她坚信"想要拴住男人，就要拴住男人的胃"这个真理，所以一直在家研究料理，想着总有一天把她男神泡到手。但恕我直言，她的料理比黑暗料理还要不堪入目，不幸的是，我作为她的舍友，光荣地扮演了试吃官这一角色。

小离把一盆鱼汤端上了桌，"你回来了，来来来，趁热吃。"小离摘掉围裙兴奋地说道。

那锅鱼，鱼鳞漂浮在汤水各处，鱼头仰天长啸，嘴里还叼着一根胡萝卜，似乎在诉说自己痛苦的一生。

"呃，我刚在古街吃过了，已经饱了。"我委婉谢绝。

"哎呀，外面的东西不干净，怎么能和家里的比，来来来，坐坐坐，我给你拿筷子。"小离一蹦一跳地走开了。

在我眼里，她不是去拿餐具，而是刑具，还好我聪明，为了防止这种情况发生，我已经把家里所有的餐具都扔了，只给她留了一双筷子。

我冷笑着，等她意识到筷子不够用就会放我走了吧，机智如我。

果然，小离嘟着嘴回来了，手里只攥着一双筷子。但，下一秒，她的表情有了显著性的变化，指着我的裤兜开心地说道："你真聪明，知道家里没筷子，竟然自己带了筷子来。"

"什么？"

我低头看向裤兜，发现不知什么时候多了一双白筷子，这筷子好像是古街里那家餐馆的筷子，怎么会跑到我兜里来呢？

\#

正当我疑惑的时候，小离已经把白筷子从我裤兜里拿了出来，电石火光之间，她已经夹起来一块鱼肉塞进了我嘴里。

……

嗯……嗯？

好吃！

我从未吃过如此鲜美的鱼肉，鱼肉劲道爽滑没有腥味，让我仿佛在大海中遨游，最重要的是那漂浮着一层鱼鳞的鱼汤，像是夜里的星辰大海，在满足味蕾的同时还达到了视觉上的赏心悦目。

简直是极品。

"好吃！"我惊赞道。

"是吗！"小离不敢相信，她用自己的筷子夹起来吃了一口，没忍住，吐了。

"你怎么吐了？真的是好吃啊，我没骗你。"我拿着白筷子夹了一块肉塞进了小离嘴里。

小离的眼睛睁得越来越大，呣巴呣巴嘴，不可置信地问道："这，这么好吃，是我做的？"

小离满眼热泪，拿起自己的筷子尝了一下，又吐了。

怎么会这样？

我不解地看着桌子上的那锅鱼，再看着手里的白筷子。

难道，是筷子的问题？

我慢慢地把手里的白筷子伸向别的菜。突然手里一滑，一只筷子从我手里溜出去滑到了地上。

#

"放过我吧，实在是太难吃了。"地板上筷子的位置那突然出现了一个小女孩，趴在那里呕吐。

"啊，有妖怪啊！"小离吓得晕了过去。

那小女孩白白净净，很是可爱，如果不是从筷子里变出来的，没人会相信她是妖怪。

那小女孩先对我说话了："大哥哥，小白不是坏妖怪。"

原来她叫小白。

"小白从小没什么厉害的能力，就被收留进古街里了。古街为每一个落魄的妖怪提供了工作，我的工作就是变成筷子，用法力让那些使用我的人，觉得每一道菜都超级好吃。后来大厨做的菜越来越难吃，我的劳动强度就越来越大，所以我就逃出来了。"小女孩坐在地上垂头丧气地说道，"没想到逃出来之后还要遭受这种摧残。"

"原来是这样啊。"我低头安慰道，"那你有什么打算吗，要去哪里？"

小女孩摇了摇头说道："小白也不知道该去哪。我好像与哥哥走散了。"

"要不，这样吧，你先暂住我们家吧。"她实在是太可怜了。

"好啊。"小离突然坐了起来，"但是，住在我们家是要有条件的。"

"什么条件？"

"帮我拴住我男神的胃。"

"小白还是回古街吧。"小女孩委屈地站起身来。

终于，她俩达成了协议，小白只帮她一次，而且必须不是她做的菜，得是外卖。

皆大欢喜，周末，小离把男神邀请进家里来，一切准备就绪，我不放心小女孩，便也待在家里坐在沙发上，听他们吃饭。

谁能想到，作为一个男神，他的饭品简直恶心，不仅吧唧嘴，而且还喜欢嘬筷子，发出滋溜的声音。

想着小白正在被……我可忍不了了，站起身来对那男神说道："这位帅哥，能不能，不要发出声音？"

"好的，抱歉。"男神歉意地说道，"对不起，看到这么白白净净的筷子实在忍不住。"

"变态。"我在心里暗骂，他哪点比我好，小离怎么会看上他？

"咔"一声脆响，我转头望去，那男神竟然掰断了一根筷子。

"小白！"我和小离齐声叫道。

男神竟然笑着说道："我不习惯用长筷子，我妈说，那样找的媳妇比较远，所以我折断当短筷子用，怎么了吗？"

我跑过去，一把抢过那双筷子，捧在手里嘴里不断喊着"小白，小白"。

"你们还会给餐具起名字啊，真有爱心。"男神笑道。

"你可以先闭嘴吗？"小离第一次向男神发火，他也是一愣。

喊了半天，那双筷子没有任何反应。

小白该不会是……

我气急败坏地冲向男神，却发现拎不动他，我握紧拳头朝他头上砸去，却被他轻松地挡住了。

"你是说她吗？"男神从袖子中掏出一根白筷子，瞬间，小白就被他拎在了手上，小白在空中四肢乱舞，发现挣脱不开，便放弃了。

"很久没有在外面捉到过小妖怪了。"男神笑着说道，"你们就当什么事都没发生过吧，这个世界，不是你们这些凡人能懂的。"

说罢，男神把小白变成了筷子，放进兜里，然后跳窗飞走了。

家里只剩下我和小离，呆呆地看着那一桌饭菜。

终于，小离擦了擦眼泪，说道："要不，我们去救小白吧，不然鬼知道她会怎么样。"

"怎么救啊？我俩都是凡人，根本打不过你男神。"我失落地说道。

"去古街搬救兵啊。"

"怎么可能，那里肯定已经秘密通缉我了。"

"那该怎么办啊？"

"再想想，办法总会有的。"

这时，房间里突然传来窸窸窣窣的声音，转身望去，发现有若干个小东西正在房间里游走，我们以为是蟑螂，仔细一看竟是破碟子的碎瓷片。无数个碎瓷片聚集在一起突然变成了一个玉树临风的男子。

　　"小白妹妹，哥哥有点迷路了，所以晚到了一些，你没有等着急吧。"男子边整理衣服边说道。

　　"现在有帮手了！"小离激动地喊道。

　　"厉害了！"我咬着牙继续说道，"今晚我再过去偷几把菜刀回来。"

森林里的那个魔鬼

#

我是一个年轻的考古学家，这天在森林里迷了路，饥渴乏困之际找到了一家客栈，我便过去胡吃海塞了一顿，然而最后结账时发现，老板不收现金只收金币，共需要 60 枚。

现在又不是中世纪的欧洲，哪里有金币付给他啊？

见我拿不出，那戴着眼镜的斯文老板竟突然变成两丈高、长着犄角的魔鬼。

"青天白日吃霸王餐，罚你在这工作 60 年！"

"我每年给你一个硬币，攒够 60 枚放到门后的木盒中，你才能走出这个大门。"

说罢，魔鬼大手一挥，将我拎到了洗碗池边上。

这一洗就是 20 年。

又是一夜，我擦擦被水泡得发白的手准备回屋睡觉，经过厨房时竟然看见厨房门没有锁，这是 20 年来的头一遭。

好奇心驱使我走了进去。

里面就是平常的厨房，但在炉灶上我发现了一个奇怪的小袋子。打开小袋子，里面竟然躺着金闪闪的金币，我数了数，不多不少正好 40 枚。

我大喜，袋子里的加上这 20 年魔鬼发给我的金币正好是 60 枚。

我连忙将这些金币拿走放进了门后的木盒中。

那门终于解除了对我的监禁，我趁机逃了出去。

\#

我是一个正直的医生，500 年前，因为坚持真理违背了国王的意愿，国王便让巫师将我变成了魔鬼的样子，囚禁在这片森林里，孤独永生。

一百年里，我饮露餐风，想尽一切办法想突破森林对我的囚禁，但始终没能踏出森林半步。

想过自杀，却也永远死不了。

那天我肚子饿得难受，便去摘果子吃。路过一片黑森林，突然一头棕熊张牙舞爪，向我扑来。然后我就被熊掌拍晕了过去。

醒来，发现身边站着一个穿着黑风衣的漂亮女巫，那头棕熊可能被她赶跑了吧。

那女巫手杖一挥，身边的数棵大树便抖落枝叶，拔地而起飞到空中。顷刻间，那些树木便像积木般搭成了一幢小木屋。

"我就是当初那位被你救下的小公主。"女巫微微一笑。

我想起来了！

那时王后为国王生了一个漂亮的女孩，但意外的是，女孩竟有巫术体质。可见并不是亲生。

堂堂国王当然不会吃闷亏。

国王便找我过去，想让我谎称女孩得了绝症，以便昭告天下之后再人为除掉她。

但我是个有医德的人，没有同意。

后来我就被国王囚禁在这里。

没想到一百年过去了，当初的国王死了，而那位小公主却变成了真正的女巫，可喜可贺。

传授魔法给她的就是当年囚禁我的那个巫师。

看来我有机会摆脱森林的囚禁了。

女巫跟我说，百年过后会有国王的转世经过这片森林，我要想尽办法囚禁国王 60 年。只有这样，我才能打破诅咒，突破囚禁重获自由。

之后，女巫给了我 60 枚金币，然后飞走了。

我再也没见过她。

#

我是个考古学家，上大学时，整个系里只有我一个女生。我和系里的另一位高才生走到了一起，毕业后就结了婚。

后来单位说，在欧洲的一片森林里发现了中世纪欧洲建筑的遗址，便让我们夫妇前去。但当时我怀有身孕，丈夫担心我身体不便就自己前去了。

然而一去经年，再无消息。

一时间，报纸、电视台大篇幅报道了考古权威失踪的消息，单位领导也不间断地前来慰问。但两个月后，这件事情便平息了下来，无人提起。

几个月后，我生了一个健康的女儿。

女儿渐渐长大，也渐渐地对父亲的事情感到好奇。

后来，任性的女儿竟然也选择了考古系。

20 岁生日那天，女儿吹生日蜡烛对我许了一个愿望。

就是希望我能答应她去追寻她爸的脚步，前去那片未知的森林，揭开所有的秘密。

我越想阻止，她的眼神越是发光。

她说她做梦梦见过那片地方，似乎是一种使命，还预感到他父亲还活着。

年轻人很难管，第二天，她留了张字条便出发了。

家里，又只剩下了我孤零零的一个人。

\#

我出生于考古世家，爸妈都是考古学家，我也不例外，但我还在我妈肚子里的时候，我爸就失踪了。我从没见过我爸，但从照片上来看，我爸还蛮帅的。每当夜里，我妈都会对着爸的照片哭，都哭了 20 年了。

所以我从小就下定决心，一定要帮妈把爸找回来。

20 岁生日过后，我就收拾装备出发了。

进入森林的这几天，我一无所获，甚至迷了路，身上带的干粮吃光后，我便去摘果子吃。

怎料到，拐角处突然蹿出一只棕熊，挥着厚重的熊掌向我扑来。

情急之下，一个戴着眼镜的斯文男子拿着根木棍挡在了我面前。但那男子的力气很明显不敌棕熊，几个回合过后，男子就被拍倒在地。我见状连忙拨开挡在眼前的头发上前帮忙，那棕熊看清我的脸后，像是受到了惊吓，号叫一声逃走了。

我有这么吓人吗？

我赶快前去搀扶男子。

那男子见到我后，竟然也变得异常激动：

"公主女巫，我等你等了好久，我终于找到你所说的那个国王转世了。"

"喂，什么公主女巫，这都什么年代了，大哥你被棕熊吓傻了吧。"

那男子听后呆了几秒，眼神逐渐变得暗淡无光，倚靠在树干上一言不语。

许久后，他才努力挤出一丝微笑："姑娘，你一个人来这里干什么？"

"我要找我爸爸。"我说，"20 年前，他在这里失踪了。"

"他是你爸爸？"男子震惊地转动着眼球。

"你知道我说的是谁？那你见过他吗，能帮我找到他吗？我妈还在家里等着他呢。"

"哈哈哈，转世后还是一家子，有趣有趣，事缘于你，也终于你，罢了罢了，我已经没有逃出去的欲望了。"男子开始疯癫地苦笑。

突然，他噌地弹坐起来，双目圆睁向我走来。只看见他的衣物渐渐鼓起，里面的肌肉迅速膨胀，身形也高了几分。

我瘫坐在地上，害怕地盯着他。

他把我扶起，扛在肩上，把我带到了一幢小木屋前放下来。

他从怀里掏出一个布袋，里面是金闪闪的 40 枚金币。他说：

"你把这袋金币放在厨房里较明显的位置，然后出来等着，到了晚上，你就会见到你父亲。"

我将信将疑地接过袋子，他突然走过来吻住了我的额头，然后便转身消失在了黑暗中。

最后，我终于找到了父亲，我们一家三口幸福地生活在了一起。

后来，电视报道，那片森林得到了开发，大片树林遭到砍伐，变成了农场。我时时刻刻地关注新闻动态，可都没有看到关于森林里那神秘男人的事。

可能他还一直待在森林里，谁知道呢。

彩蛋

我是一只可爱的棕熊，因为我在森林里只吃素，从不捕杀小动物，所以我能活好几百年。我在林里种了果子，每天饿了就摘来吃，生活过得特别滋润。可是好景不长，最近新来了一个男人，老来偷我的果子吃，我就想给他个教训。谁知他还有个女帮手，那女人很厉害，我打不过她。

偷人家果子还打人家，这不是欺负熊吗？从此以后那女人的脸变成了我的梦魇。好在之后的几百年里，那女人再也没有出现过。我以为我终于可以幸福地吃果子了。可那天我回去后，又发现了她，她还想偷我的果子。虽然没了黑袍子，可那张脸在我脑中久久不能挥去，我吓得连忙收拾行李逃离了那片区域。

没过多久，出门在外的我十分想念果子的味道，便偷偷地返回去。可回去后，我惊呆了，那里，那一片林子竟然被改成了一片农场，苍天啊我的泪，我的果子呀。

我躲在树后看着那片玉米地抹着眼泪。

　　这时一个熟悉的身影扛着锄头向我走来，是那个男人，原来是他毁了我的果子地。我生气地龇着牙，准备和他干一仗，结果他却对我说话了："嗨，我向他们承包了这块地，以后这地是你的，也是我的。"男人递给我一个玉米，"给，刚烤的，可香了，可甜了。"

黑虫部队

我生活在一个花花绿绿的世界，这个世界像是各种染色剂混在一起的大染缸。

更重要的是，我们这个世界上很多人都是软萌的球状形态，大家都叫我们圆滚滚。

打我记事起，我就在这里劳作了。

我和别人负责这块流水线区域搬运物质的工作，昼夜无休。

最直观的报酬就是有上面的人会定时喂我们一些营养液，以免我们饿死在工作岗位上。

一条流水线上，有成千上万的人被拴在这里劳作，逃走的人都光荣地被巡警清除，尸体被运到别的地方去。

我一直很好奇，这里是什么地方？搬运的物质是什么东西？它要流向哪里？

我边上那哥们儿说，有时候好奇并不是一件好事，它会害死猫，也会害死你。

我问他是不是一出生就待在这里。

他说是，就因为他一直待在这里，没有去过别的地方，所以现在无欲无求，只想在工作岗位上燃烧自己的青春。

我说他不懂生活，他骂我不懂生存。

在这个充满秩序与桎梏的世界里，我还是能找到一些生活的乐趣的。

因为我喜欢上了对面那只粉色的圆滚滚。

虽然在这个世界上恋爱是最没用的东西，可她圆润的体型，大口吞咽营养液的霸气已经深深地吸引了我。

我没什么好送的，只能把上头分配给我的营养液留下来一点，慢慢地攒了一大堆，准备送给她。

可她一直无视我。

我很失望，或许她和我旁边那哥们儿一样吧，已经磨掉了对生活的激情，是一个安于现状的螺丝钉吧。

我失落地狂饮营养液，我也不知道为什么要这样，可能这样很颓废吧。

旁边的那哥们儿过来告诉了我一些事情。

其实在我没来之前，粉红圆滚滚的身上曾经发生过一场惊天地泣鬼神的爱情。

在她还没有变成粉色圆滚滚之前，邂逅了一位帅气的黑色圆滚滚。

不同于流水线上的圆滚滚，黑色圆滚滚是狂放自由派的代表，他们的工作就是拓展疆域，到达我们这些平庸的圆滚滚从未到达的地方，探索未知的领域。

黑色圆滚滚经过训练，会被挑选进入黑虫部队，他们会通过一根神奇的管道，去到神秘的异世界。

然而从古至今，所有进入管道的圆滚滚，都再也没有回来过，高层也没有收集到他们在异世界的任何信息。

尽管如此，高层还是源源不断地培养黑虫部队，好吃好喝地养着他们，然后再让他们进入管道。

吃瓜群众猜测管道那头是天堂，黑虫部队的人在那边享福，就不回来了；也有些圆滚滚说那头是地狱，去的人都死在了那里。

不管怎么样，他们都是英雄，高层会把他们的信息悬浮在我们的工作岗位上，受人敬仰。

粉色圆滚滚的男朋友就是去黑虫部队服役了，前段时间也进入了管道，从此之后就失去了联系。

粉色圆滚滚依旧会在传送带上放上属于自己身上的一些物质，因为男朋友还没进入管道的时候，她就是通过这种方式来传达自己的情感，虽然她不是很清楚眼前的这些流水线会不会通向黑虫部队。

她颜色变红，是因为她把自己的物质拿了出来，身体变成了病态的红，可能不久之后，就会有巡警把她清除掉吧。

"你说她这是何必呢，像我这样安稳地过日子不好吗？"旁边那哥们儿说完后就摇着头继续劳作去了。

太可怜了。

不过，这才叫生活呀。

"我也要去参加黑虫部队。"我这样喊着。

终于，粉色圆滚滚有史以来第一次将目光转向了我。

"你是不是活腻了？"旁边的哥们儿喊道。

"是的，我是活腻了，所以我想换种活法。"我回道。

我对粉色圆滚滚说："请你不要再继续伤害自己了，你男朋友也肯定是希望你能好好地活下去，我会去参加黑虫部队，找到你男朋友并告诉他你很想他。"

"滚，关你 P 事。"她这样说道。

可能她是不想我赴她男朋友前尘吧，我这样安慰自己。

管道外面的世界究竟是什么样子的？我们这个世界又是被谁创造的？那些黑虫部队都去了哪里？这些问题不仅困扰着我，也困扰着无数的科学家。

我要穿越管道去冒险，不仅是为了粉色圆滚滚，更是为了我自己，为了这个世界。

我报了名，巡警找来了科研人员将我带到了黑虫部队的基地。

他们将我的信息抽离，转移到了一个黑乎乎的肉体里。

原来的肉体被巡警消除，我则正式成为帅气的黑虫部队中的一员。

新的身体让我速度更快，力量更大。

粉色圆滚滚看到我变成这样会不会喜欢上我呢？我没有工夫去想这些，因为我和其他黑虫部队的成员要开始紧锣密鼓的训练了。

只有好的体魄，才能在外面的世界中有更大的概率存活下去。

管道会不定时地打开，每次打开，黑虫部队都会全体出征，进入管道探索新世界。

然而最近管道打开的频率有些频繁，黑虫部队成员严重匮乏，也正是因为这样，我这个流水线的工人才得以被选上。

终于有一天，整片大地开始震动，管道终于要被打开了。

我和队员们整齐地站在管道入口，蓄势待发。

终于可以实现梦想了，我紧张地看着粉色圆滚滚给我的物质说道："放心吧，不管是天堂还是地狱，我一定把它亲手交给你男朋友。"

轰隆一声巨响，管道打开，我和队员们被一股液体冲进了管道。

……

九个月后，我来到了新的世界。

我变得和这里的人一样，有了四肢和头。

还有一对爱我的父母。

长大后，父母告诉我，其实我还有一个从未见过的哥哥，是个宇航员，不过几年前他所在的飞船被吸进了黑洞就再也没有回来。

生命不止，探索不息。

"我也要去当宇航员！"我这样喊道。

"你是不是活腻了！"爸妈冲着我喊道。

眼前的场景好熟悉，好像在哪里发生过。

我挠挠头笑着继续说道：

"我隐约觉得我应该去找我哥哥，可能是为了某种承诺吧。"

一直杀不死人的杀手

黑达是一个冷血杀手，但是出道后一直失手，没有成功杀过一个人，所以没赚到钱，白天只能去拳击训练馆做几小时的陪练赚些钱，生活拮据而又充实。

有理想的人活着都充实，他的理想就是帮雇主杀一个人，不管是谁。

做陪练时，黑达总是被省拳击冠军挑到，他傲慢且无理，每次都会打得黑达一身伤，不过好在酬金不菲。

陪练结束，黑达冲完澡抖抖身子拿着刚挣的钱去了一个黑酒吧。

黑达点了一杯果汁刚坐下，便突然起身跑去拽住了一个老头。

"今天有没有活？"黑达分给他一支烟。

衣角被黑达紧紧拽住，老头显得很无奈，便随他找个地方坐下。

"我说黑达，你不适合这行，我劝你还是，哎，当个陪练挺好的，强身健体，不用担惊受怕，虽然赚得少点。"

"有没有别人都不愿意接的活，你可以分给我，我酬金愿分你 6 成。"

最后，那老头终于分给了黑达一个单子，雇主想要除掉一个女人。

一般男杀手都不会去接带女人的单子，因为这种单子进行到最后都没有好结果。

但这正是黑达证明自己胆魄的好时机。

女人叫小惠，独居，养狗。

夜里，黑达弄晕小狗，翻进了小惠家里。

屋里没人，黑达翻遍了所有房间，都没有看到小惠的身影。

难道还没有回来？

黑达手拿着枪窝在沙发上闭着眼睛等小惠回来，他不能打量房间装饰，因为哪怕对猎物有一丝丝生活上的了解，扣动扳机的手都会变得不干脆。

晚上，12 点，黑达有点困，小惠还没回来，难道都没人告诉她晚上要早回家吗？这么晚一个女孩子在外面多危险。

小狗还在家，她今晚肯定会回来。

凌晨 3 点，黑达终于听到了摩托车声。

他走向门口，黑洞洞的枪口抬了起来。

门刚打开，一个女人便摔了进来，还伴随着呕吐声。

看来是喝大了。

可能还会省一发子弹呢。

黑达踢了她几下，没什么反应。

他将女人抱到浴室，打开水龙头，扯出一根电线，准备等水漫过她时，把她电死。

一切弄妥，黑达走出浴室，等着那一声尖叫。

可许久没有动静，黑达打开门，发现那小惠正害怕地蜷缩在窗沿，因为窗户上有防盗网，她没能逃出去。

见黑达进来，小惠开始求饶。

求饶没用，黑达无奈地掏出手枪。

嘭！

停电了，应该是电线遇水使屋子跳了闸。

黑暗中，黑达连开了两枪没有命中目标，小惠趁机逃出了浴室。

黑达率先冲过去将房门堵住，防止小惠逃走，然后摸索着将电闸扳上。房间又亮了，那小惠就蹲在黑达对面，害怕地发抖。

黑达举起枪，对准了小惠脑门儿。

这时，门铃响了。

黑达懊恼地砸了一下墙，小惠则松了一口气。

不会是警察吧。

从猫眼看过去，是一个长相斯文的年轻人，戴着眼镜，很焦急的样子。

黑达转过头问小惠："你男朋友？"

小惠没做反应。

黑达打开门，还没说话，眼镜男就推门进来了："我老婆要生了，我正开车送她去医院呢，路过你们家的时候，轮胎突然爆了，我没工具，请问你们可以帮我换下轮胎吗？求求你们了，就你们家还亮着灯。"

刚才浴室那两枪没打中那小惠，竟无意中打中了路人的轮胎，不过现在这种情况还是先把他赶走为妙。

"对不起，我要和我老婆睡了。"黑达打了个哈欠，刚要关门，小惠突然站起来说，"我有摩托车，我可以送你老婆去医院。"

"好啊！"眼镜男激动地冲了进来，不巧的是，刚好看见了黑达的枪正指着小惠。

真是太可惜了。

黑达只好把眼镜男也关了进来，还有他那怀孕的老婆。

小惠，眼镜男和他老婆排排坐在沙发上。

"你们说，是把你们都杀掉，还是……"黑达抽着烟，在客厅里走走停停，不知所措。

"那个……"眼镜男先说话了，"能不能把烟掐了？这里有个孕妇。"

"好的，不好意思。"黑达把烟掐掉。

"我觉得还是得先把孕妇送去医院，这是生死攸关的事啊。"小惠说话了。

现在黑达最后悔的是当初买枪时为了省钱没有买带丝袜的套餐，现在被他们看到了脸，放他们走，万一去报警了怎么办？

孕妇开始痛苦地捂着肚子："羊水要破了！"

"快，别拖着了，你们都跟我走，一起送她去医院，一个都别想逃。"黑达喊道。

众人纷纷点头。

"屋里怎么亮灯了，你临走时没关灯吗？"门外又传来了一个女人的声音，听她讲话，边上应该还有一个男的。

"这又是谁？"黑达低声喊道。

"应该是屋子主人吧。"小惠说道。

"你不就是小惠吗，这不是你家吗？"黑达问道。

"我也是个小偷，听说这家里有个保险箱，里面放着大量赃款，我就摸进来了，原主人小惠她是个四五十岁的富婆。"她说道。

黑达心里一惊，重新仔细看了一遍房间里摆放的照片，果然不是眼前的这个女人，幸好，刚才没打中，不然杀错人，就麻烦了。

说话间，房门已经打开了，那四五十岁的富婆小惠身边还站着一个二十几岁的精壮男人。

黑达定睛一看，那男人正是他做陪练时对他拳打脚踢的省拳击冠军。

"老公？"孕妇冲拳击冠军喊道。

"老婆，你，你怎么在这儿？"拳击冠军小声说道，"还带这么多人来。"

啪，富婆关上房门轻哼一声，轻蔑地说道"好啊，没想到啊你，竟然把老婆也带来了，还带这么多小姨子小舅子的，不就是想散伙吗，说吧，想要多少钱，给你就是了，外面有大把小鲜肉排着队等着我呢。"

他是孕妇老公？那眼镜男是谁？

"我，其实是一个普通的偷车贼，不是孕妇老公，把车偷出来在逃跑的路上，发现孕妇在马路边上求助，我一时心软，就让她上了车想把她送到医院。"眼镜男对黑达说道。

"女儿，你不是在美国吗，你怎么回来了？"富婆小惠对小偷女说道。

小偷女则冷冷地说道："我不是你女儿，你害死我爸爸时，我就发誓和你断绝母女关系，我今天回来，是来拿你赃款的。"

"你要多少钱，我打给你啊。"

"我要的是全部，就像你拿走了我爸的全部一样。"

"都给我住嘴！让我捋一捋！"黑达吼了一句。

"黑达？"拳击冠军认出了他，便掏出钱包走向黑达，"是不是陪练费没给你结清？拿钱走吧，你别在这掺和了。"

"滚！"黑达举起枪，"我今儿个是杀手。"

富婆小惠开始尖叫，拳击冠军不敢相信地说道："你是杀手？"

黑达瞳孔微张盯着拳击冠军："你不会就是雇主吧？"

拳击冠军低头不语。

"啧啧啧，你真是禽兽啊，拿人家钱，还想要人家命。"黑达呸了他一下。

黑达把手枪上了膛："我是个有理想的人，今晚，我必须杀一个人，你们说，我杀谁？"

黑达把枪举起，缓慢地平移，枪口移到富婆小惠头上。"没人反对的话，我开枪了。"

"3——"

"2——"

"1——"

"等等，还是，让党和政府制裁她吧！"小偷女弱弱地说道。

"那换拳击冠军。"

"不，他是该死，不过，他的孩子就要出生了。"孕妇说道。

"啊啊啊，烦死了。"黑达摇摇头。

突然，门外传来了警车的声音。

拉开窗帘向外望去，几个警察正围着那辆爆了胎的车写写画画，还对着对讲机说着什么。

看来眼镜男第一次偷车就要被抓了。

"算了，你们自己决定吧。"黑达把枪扔到旁边地板上，然后抱起孕妇走出了房门。

众人透过窗户看到，黑达把摩托车扶起，然后扶着孕妇坐上了摩托车，朝着医院的方向开去。

"看来我真的不适合当杀手啊！"黑达叹息道。

小镇里来了陌生人

我在一个很偏僻的小镇子里当小学老师。

这天，镇子里莫名其妙地停电了，而且网络电话也都不能用。

小镇子里的生产劳作差点陷入瘫痪，幸好还有几架老发电机嗡嗡地为镇子提供电力，不过并不能维持多久。

很快，维修工们发现问题的症结不在这个镇子里，是在上游坏掉了。

目前这里打不了电话，于是我们镇上决定，大部分油留下来用来发电，让邮差带着剩下的油开车去下一个小镇寻求帮助。

这个抱海背山的小镇子叫卡登镇，麻雀虽小，却五脏俱全。所以除了每个月一两次去外面补给必需品，镇子里几乎没人出去。

可以说整个镇子里的居民都是死宅。

断网断电之后，居民差点都疯了，所有的希望都寄托在了这个开车去外面找帮手的邮差身上。

可他都去了一个星期了却丝毫没有动静。

我们只能坐在马路牙子上，百无聊赖地期待着引擎声的到来。

皇天不负有心人，终于在一天晚上，铺满落叶的马路传来了喜人的引擎声。

我们迎着远光灯，手舞足蹈地迎接英雄的到来，汽车驶近，远光灯熄灭，我们终于看清车里的人，是一对陌生的夫妇，以及他们名字叫作金的小儿子。

正在我们诧异的时候，那对夫妇下车了。

他们非常热情，男子介绍说，那个邮差已经把房子卖给了他们，现在他们一家人，已经是小镇合法的居民了。

当然最重要的一件事，就是小镇的电和网络已经修复了。

男子拍拍手，瞬时暖黄色的灯光地毯慢慢覆盖了整个小镇。

大家开始庆祝，那家人也从车上搬下了准备好的美食和烤架。

我也毫不客气地加入了其中。

我叼着一块肉大快朵颐，余光发现角落里的小男孩金在牵着一条斗牛犬发呆，没有加入庆祝宴的意思。

可能是害羞吧。

我烤出一块肉，扔到斗牛犬跟前，出乎意料的是，斗牛犬竟然无视了那块肉，甚至鼻孔都没有扩张。

金解释说，"斗牛犬受过严格训练，不吃陌生人喂的东西。"

"那怎样才能变得不陌生呢？"我用逗幼儿园小朋友的口吻

问他，可他见我这样，竟用了个白眼走了。只留下连鼻孔都懒得扩张的斗牛犬和我尴尬地对眼相望。

这孩子有点早熟，眼神像是十八九岁的少年才有的眼神。

转过身去，那对夫妇正端着红酒杯挨个给大家敬酒："为我们的友谊干杯……"

金则蹲在斗牛犬身边默默地玩着氢气球，一派热闹祥和的景象。

可并不是所有人都欢迎这家人的到来。

尤其是那些上小学的熊孩子们。

邮差每次送信时，都会随手送给孩子们一些糖果，日复一日，这些孩子就喜欢上了这个邮差。

可上次停电事件，邮差走了就没回来，反而多了这么一家人。

大人们只记得那对夫妇请他们吃了一顿肉，可孩子们还念着邮差的好。

加上金本身性格古怪，所以一到学校，就被同学们欺负了。

那些孩子说他是魔鬼，抢了邮差的房子，甚至下课后，会把他堵在角落，拳打脚踢，每次我赶跑了那些坏孩子，想安慰这个金，他都是一副无所谓的样子，还笑着说："让他们打吧，只要打不死，总有打烦的一天。"

可那天他还是哭了。

我骑着自行车路过他家门口，发现他正窝在巷子里抱着腿哭。

我见状忙忙跑过去问他发生了什么事。

他哽咽了半天说道："你有没有觉得今天特安静。"

"啊？"

听他一说，好像是。

"对了，那条高冷的斗牛犬呢？怎么没听它叫唤。"

"死了。"

"死了？它不是从不乱吃东西的吗？"

他没有回答，只是用手捂着脸，我这才注意到他沾满鲜血的右手。

那群熊孩子用铁锹把斗牛犬生生地折磨死了，而且还让金眼睁睁地看着折磨的过程。

我知道后很是震惊，起身准备去找他们家长，金却制止了我。

金说他会处理好的，然后站起身对我冷冷地说道："老师，你是个好人，不过还是希望你能离开这个镇子。"

虽然他的身高只到我肚子，不过我还是被他这句话带出的气场给镇住了。

第二天，那群熊孩子果然消停了许多，但眼神呆滞，毫无生机。

我不解地瞅着金，他却把头转向旁边没敢和我对视。

从那之后，镇子里突然多了几起离奇死亡的案件。

而且几乎每天都有人离奇地死去。

于是镇子里流传着有鬼的传说，居民开始收拾行李逃离这个镇子。

然而他们每次都是在收拾行李的时候死去，或者是在路上猝死。

小镇上方笼罩着死亡的气息。

为了安全起见，学校停了课。

我比较担心金的情况，就骑着脚踏车赶去他家。

我按了门铃，却不见有人开门，可我明明看见二楼有人影在晃动。

过了好一会儿，金才出来，但他没有开门，只是隔着铁门对我说他很好，让我不要担心快离开这里。

我拗不过他，只好跨上自行车准备走，然而这个时候，他的爸爸出现了："啊，是金的老师啊，快进来坐。"

进去之后，我感觉很奇怪，他们一家人都在一楼坐着陪我喝茶，可我却听见二楼还有很多嘈杂的脚步声。

我问他们楼上是不是还有客人，如果有的话，我就先不打扰了。

我意识到了他们家诡异的地方，我是小学老师，我清楚地记得每一个家长的服饰，而我竟然看见了前几天意外死去的家长的帽子挂在他们家的衣帽架上，而且不止一个。

我强装镇静地起身要走，金的爸爸却突然起身挡在了我身前。

"来都来了，上去坐坐吧。"

我几乎是被抬上了二楼。

二楼布置得像一个庄严的教堂，拉着厚厚的窗帘，边上的两张桌子放着简单的食物。

但是里面的人竟然都是前段时间死去的那些人，他们目光呆滞，像僵尸一样站在那里左摇右晃。

我被眼前的景象震惊得说不出话，金的爸爸将我带到一旁的沙发坐下。

他说他现在不属于人类，而是军方人体武器实验的失败试验品，"我们的四肢可以变成任何形状，非常坚硬，可以将人劈成两半，也可以变出细小的针杀人于无形"。但是军方清除试验品智力时，不小心遗漏了他。所以他和那些武器不一样的地方是，他保留了人类的智慧。

有天他逃了出来，并抄录了一份制作人体武器的方法，找到妻子开始了逃亡生活。

我问为什么不把我也杀了？

他说他弟弟喜欢我，不舍得把我也变成没有思想的人体武器。

"弟弟？"

"嗯。"

转过身，我发现金的四肢开始伸长，脸型也发生了轻微的变化，转眼间，就变成了十七八岁的小伙子。

"对不起，我骗了你。"金摸着头笑着说道。

这突如其来的变动使我有点接受不了。

我站起身来，指着那些变成僵尸武器的居民气愤地对他们喊道：

"他们都是无辜的，你为什么要把他们变成这样，你和人类就不能和平共处吗？"

"是想和平共处，我以前还个素食主义者。但有一次我用自己的能力救下了一个差点被抢劫了的女孩之后，她打电话报警，警察来了她却让他们把我带走，还说我是怪物。所以我现在只要遇见能心安理得吃肉的人类，便不会心软，把他们变成僵尸武器，只听我的指令，只吃我给的食物，多好。"

这时他突然瞬移到了我面前，两只手变成注射器的样子逼近我的脖子。

"左边是僵尸武器，听从我们的指挥；右边是保留人类智慧的超人武器，和我们一起对抗军方。现在小镇几乎都被我们感染了，你没得选择。"

"我想继续当人类。"我弱弱地说道。

金一把把我抱起，男子的注射器贴着我的脖子挥了过去。

"哥，既然她不想，你就别勉强她了吧。"金保持着公主抱的姿势朝他哥歉意地笑了笑然后把我安全带到了楼下。

"多谢你救我。"回去的路上，我向金致谢。

"我哥速度很快，如果他真想扎你，谁都救不了你。"

突然身后亮光一闪，紧接着一声巨大的爆炸声传来。

转身望去，发现金的家被一颗炸弹轰平了。

"哥——"金大喊一声，就要往回跑。

我一把把他拉住，因为不远处的天上，几架直升机正向这里飞来，同时还在不停地抛着炸弹。

邮差终于回来了，还带来了军队，不过这军队似乎有铲平小镇的意思。

我将金藏到地下室里，然后出去朝着一辆武装车挥手。

但是武装车始终没有减速，直直地向我冲来。

千钧一发之际，金跑出来抱住我帮我挡住了撞击，武装车被撞得变了形，金也受了重伤。

车上下来了几个人，持着枪。

我说我是人类。

他们却说，试验品待过的地方，统统都要被消灭，错杀三千，不放过一人。

漆黑的枪口瞄准了我和金。金拖着重伤的身体变化着四肢，终于从枪林弹雨里逃到了山上。

从山上向下望去，学校，工厂，所有的建筑物，统统都被炸弹摧毁了，道路上无辜的老少妇孺都惨死在了枪口下。

原本安宁富饶的小镇瞬间变成了地狱。

"你肯定很恨我吧。"金躺在边上虚弱地说道，"如果那群孩子杀我的斗牛犬时，我忍住就好了。"

"正相反，请你把我变成你的同类吧。"我瞅着山上连接下一个小镇的电缆，冷冷地说道。

雪人

小陆是广东人，她长这么大第一次看见雪下在自己家乡。

虽然只是薄薄的一层，但也很惊喜。

小路上，大家排着队走在路边的那一条石檐上，都害怕毁坏了那一层白纱。

前面有一群人正在围着一辆车。

走过去，发现是有人用车上的积雪堆了个小小的雪人，大家正兴奋地对它拍照。

众人拍完照就走了，小陆也要去上学，可她觉得雪人自己孤零零地立在引擎盖上很可怜，面临着被车主人清理的危险，小陆便小心地把小雪人挪下来，带走了。

教室有空调，小陆便把雪人放在外侧窗台上。上课时，小陆时不时瞅几下雪人，生怕它被风吹下去。

在学校里遇到的所有事，小陆都最先讲给雪人听。比如哪个老师最漂亮、哪个老师上课有意思，她把雪人当成了一个树洞。

而小陆讲得最多的，便是她暗恋隔壁班班长的事。

"你说他会不会嫌我胖啊？"小陆捏着自己脸蛋对雪人说道，"你要是不说话，就当你默认了啊，没想到你也嫌弃我。"随后小陆和雪人相视而笑。

渐渐地，小陆便把雪人当成了朋友。

冬末春初，天气渐渐暖和，小陆放学回家，发现雪人瘦了一圈，周围湿了一片。

"你是不是背着我偷偷运动减肥了，说好要一起胖到老的呢。"小陆嘟着嘴，把雪人关进了冰箱，"你身后就是我囤的冰淇淋，不准偷吃哈。"

以后的日子里，小陆放学回来的第一件事就是打开冰箱。

令她伤心的是，雪人依旧越来越小，为什么？冰淇淋可还活得好好的啊。

小陆趴在冰箱门前对雪人说道，"你是不是想要我和你一起减肥呀，好好好，我听你的。"

小陆依依不舍地关掉了冰箱门。

锻炼，控制饮食，打开冰箱给小雪人洒水，小陆的减肥计划实施了一星期，终于减掉了两斤肉，小陆兴冲冲地打开冰箱门。

然而小雪人早已没了踪影，只剩下两根小树枝安静地待在那里。

说好了要等我追到喜欢的人呢，小陆趴在冰箱门上，呆呆地盯着那树枝，那枝条一端还带着一点白色的东西，不知是雪，还是什么。

你还没跟我说过话呢，就这么不打招呼走了吗？小陆伤心不已。

此后的一个月里小陆都没有碰冰箱。

这天，小陆终于鼓足了勇气向喜欢的人告白，结果失败了。

再一次伤心不已的小陆瘫在沙发上，她又捏了捏自己的脸，"减了肥又有什么用呢，不还是失败了吗？"

她想起冰箱里囤了好久的零食，一气之下，都翻了出来。

从冰箱里刚拿出的零食都冒着一股冷气，小陆把冰淇淋排成一排，打算晚饭前把它们全部吃掉。

小陆打开冰淇淋盒子，竟发现那原本平滑的冰淇淋，不知被谁在上边画出了字样。

小陆打开了全部冰淇淋，排列组合，那些字组成了这样的一句话：

"减肥要坚持哟，我明年再来看你。"

臆想国

[CHAPTER THREE]

　　如果你在现实中屡屡不顺，为什么不给自己打造一个完美的梦中世界呢，你可以在梦里做个成功人士，更重要的是，清醒梦所有反馈的感觉都非常真实。

杀死 59 个自己

"麦白,明天是你十八岁生日,你打算怎么过?"饭桌上麦白的妈妈淡淡地问道。

"呃,就随便一点吧,我们一家人在家里吃个蛋糕就好了。"麦白回道。

"还是办得隆重一点吧,把你以前认识的同学朋友都请来,还有交往过的女朋友、你的老师们,趁这个机会和他们再好好说说话。"说完,麦妈擦擦嘴走了,麦爸也不作声。

麦白是个普通人,出生在普通的小镇,有着普通的父母。家里也只是普通的有钱。

从出生到认识朋友、快乐长大、升学、恋爱、分手、喝酒,他一点也不特别。

麦白没想到老爸老妈这么注重他的成人礼,要做得这么盛大。

生日当天,几乎所有的朋友都来了,大家盯着麦白,脸上露着兴奋的笑容,好像完成了什么业绩一样!

麦白的前女友小亮也穿着皮衣来了。

她一把把麦白拉到角落，指着正在庆祝的人群说道："你不觉得他们有些奇怪吗？"

"有什么奇怪？"

"跟我来。"

小亮带着他爬上院子里的一棵树。从树上麦白看到二楼父母在和一群黑衣人商议着什么！黑衣人拿着箱子，和一张合同似的文件，而母亲则一改温柔的一面，和黑衣人的领头做着谈判。

"你知道你父母都做什么工作吗？"小亮问道。

"听爸说，家里开了个公司，挺赚钱的。"

"那你去过那个公司吗？你爸在家有没有聊过公司里的事？"

"好像没……你到底什么意思啊？"

"前几天我 18 岁生日，家里也来了这拨人！"

第二天，麦白收到了小亮意外去世的消息。

他骑车赶去小亮家，发现早已人去楼空，她父母不知搬去了哪里，消失得无影无踪，好像他们从来没有在这里生活过。

麦白接受不了，他只能理解成这是小亮为了分手分彻底，而想出来的损招。

回去的路上，宽敞的马路冷冷清清，连经常逛街的流浪狗今天都没来。

一辆卡车在一个路口突然冲了过来，不偏不倚地撞上了麦白。

麦白在空中翻滚了几圈后重重地摔在了地上不动了。

卡车掉头要开走，没走几步，突然加速倒车，似乎想碾压麦白。

卡车声临近，麦白也艰难地翻滚到了马路边上的草坪，然后一路滚到河里，接着失去了意识。

醒来，已经是傍晚了，麦白躺在树林里，身边坐着的竟是小亮。

小亮吹着泡泡糖说："你果然穿上了昨晚送你的生日礼物！"

麦白脱掉外套，里面已经变了形的护具。

小亮吐掉泡泡糖，开始要脱身上的衬衫。

麦白赶快阻止："使不得使不得，以后我不纠缠你了，不就是分手吗，搞这么大阵势，不至于，不至于，而且我不习惯在野外。"

小亮踢了他一脚，继续挽衬衫，露出了腰后方的皮肤。

那里竟然文了一串数字："1357-27"。

小亮猛地把麦白的衣服扯掉继续说道："你也有。"

"2138-17！"

"这到底是怎么回事！"

"前面的数字代表身份，后面的数字代表序号。而且有人想杀掉我们！"

麦白当然不相信小亮说的话！甩甩湿头发，不听劝阻，一瘸一拐地往家的方向走去。

天已经黑了，路上没几盏灯，但家里的灯还在不远处亮着，让麦白感到十分温暖。爸妈一定担心死了吧。

一进门，麦白就摊在了沙发上。

"妈，我回来了，饿了，还有没有饭。"麦白撒娇般地拍着肚子喊道。

不一会儿，麦白听了十几年的脚步声终于出现了，"唰"地从沙发上弹起来：

"我想吃炸酱……面……"

话没说完，麦白的胸口就中了一枪，幸好，那变了形的护具没有脱掉。

麦白的妈妈今天穿得很漂亮，左手还端着一杯红酒，显然今天是在庆祝什么，右手却拿着一把左轮，老练地向麦白扣动着扳机。

"对不起了，这是工作！"麦母歉意地笑了笑，枪口上移，瞄向麦白的脑袋。

麦白有点蒙，身体本能地后退。

小亮穿着皮衣骑着机车闯了进来，撞倒了麦母，救走了麦白。

麦白趴在小亮肩膀上哭。

小亮说，"你能不能爷们儿点？"

麦白说，"不能，我想吃炸酱面"。

小亮说，在她小时候，有好几次半夜去父母房间，都发现没人。有一次在她爸衣服口袋发现了一张全家福。但是，父母搂着的是一个小伙子，比小亮大两三岁的样子。

从那天起，小亮就发现了不对劲。有一天晚上，小亮躲在父母床下，半夜偷偷跟着父母走进了一个暗门，发现了另一片天地。

小亮找到了照片中的小伙子，他人很好，把事实全部告诉了小亮。

小亮的"爸妈"其实是他的爸妈，扮演小亮的爸妈只是他们的工作！

小亮现在生活的小镇，是人工建造的蛋壳，蛋壳有着固定的员工，扮演小孩的父母，等到那些小孩无忧无虑地长到 18 岁时，就会制造意外使其死亡，然后再继续养下一个小孩。小镇发生的所有的一切，都是大家配合剧本的表演罢了。

"那你那时候为什么还要回到蛋壳里？"麦白问道。

"外面的世界固然是真实的，但是，蛋壳里，有我的家，有我的生活，虽然是假的。"小亮说道。

麦白终于发现，摩托车是在绕圈子。

"他们为什么要这样做？"麦白不解地问道。

"真实的世界是一个弱肉强食、优胜劣汰的残酷世界，每一次都会有 60 个家庭生出一模一样的孩子，但政府只会给他们分配一个身份。这些孩子必须在年满 18 岁之后，杀掉其他的 59 个自己才能获得身份，得到正常的生活权利。

"本来我们可以公平竞技，可是有些家庭很富有，为了让自己的孩子能在 18 岁之后活下来，就花钱收买那些贫穷人家，让他们送孩子分别住进 59 个蛋壳中，过完幸福的 18 年后，再不知不觉地被消灭。似乎是对谁都好的解决办法。"

"好残忍。"

"残忍吗？如果上午你真的被卡车撞死了，你只会知道那是一场意外，你不会觉得残忍！如果不是这样，你在现实中，你确定你能干得过那些从小受专业训练，有一堆贴身保镖的富家子弟吗？而且还要在那种情况下，诚惶诚恐地生活 18 年，你确定你会快乐吗？"

"那你为什么救我，不如让我什么都不知道，死了算了。"

"我喜欢你。"小亮说道。

"我，我知道。"麦白满脸通红，紧紧地搂着小亮的腰。

摩托车在一个洞口处停下。

小亮摘掉头盔转身对麦白说道："那个出钱养我们的富家女小亮编号是 1357-37，已经被杀了，所以我们剩下的几个是公平竞争，我想试着去战斗，活下去。不管结果怎么样，这个洞口外面，就是残忍的真实世界，我希望你也可以勇敢点，拿起武器战斗吧。"小亮掏出一把枪递到麦白面前。

前面是凶险的真实世界，身后是一天之间把炸酱面换成子弹的虚假父母，看来很容易做出选择。

麦白迟疑地接过枪，枪口却指向了眼前的小亮。

"你的编号，是 1357-39，那个小亮在哪里？你是不是已经把她杀了！"

"哪个？"

"1357-27！傍晚和我在小树林吃口香糖的那个小亮！"

"你在说什么啊！"

"嘭！"麦白扣动了扳机，子弹穿透了她的脑袋，脑浆流出了炸酱面的颜色。

麦白不敢相信，他竟然杀了人，虽然是为了给前女友小亮报仇，可……

"哈哈哈，干得漂亮！"身后竟然传来了小亮的声音。麦白转身，小亮穿着衬衫嚼着泡泡糖拍着手缓缓走来。

"小亮，你还活着！"麦白高兴地过去要拥抱小亮，却被她伸手挡住了。

她走到39号小亮的尸体前，熟练地把尸体扔到了河里。然后，她走到麦白面前，把枪接了过来。

"温室里的小花朵就是这么单纯呀。"她摸摸麦白的头继续说道，"如果你也打算去蛋壳外战斗的话，我要告诉你一个还不知道的规则。"

"那就是，不能自己亲手杀掉另一个自己！"

"那，那要怎么做……"

"你刚才就做得很好呀，我还要谢谢你呢。"

说完，这个小亮骑着摩托车消失在了山洞里，只留下麦白盯着地面上的血迹呆呆地站着。

深山里的古楼

我是古楼一层里最弱的小孩，从记事起，就待在这里了。

听王老头说，早些时候，我们人类在这远离战火的山峦中耕种劳作，过着世外桃源般的生活。不过，正是因为这里远离俗世，也使得一些妖怪在这里疗养生息。

渐渐地，妖怪越来越多，几乎遍布了所有的山头。我们人类便找了一处地方，修建了这样一栋古楼住进来防御妖怪，不到万不得已的时候，绝不出去。

人越来越多，楼也修得越来越高。可资源却是有限的，容不下太多的人，所以只有完成工作，才有在楼里生活的权利。

高层会把一些不同难度的任务工作装进不同颜色的盒子撒放到各处。

难度越高，颜色越深。

其他楼层的盒子我不清楚，但一楼，只有两种颜色的盒子，白色和黄色。

最简单的任务盒子，是白色，把一楼全部打扫一遍，就可以换取一天的生存天数。

黄色盒子里的任务是去古楼外围巡视一圈，就在外面绕着墙壁走，看起来有点危险，但这个鼓楼有防御机制，妖怪近不了身，所以还是比较安全的。

黄颜色的盒子任务每完成一次，就可以获得七天的生存天数。

生存天数积累到一定量之后，就会脱离满是苦难的一层，升到更高的楼层去。所以那些孩子会拼命争抢黄颜色的盒子，我一直抢不过他们。

所以我和王老头每次只能捡一些白盒子。打扫一天，换一天的生存天数，虽然能活下去，但永远攒不了生存天数，升到更高的楼层去。

我问王老头："为什么一层都是小孩子，只有你一个老头呢？"

王老头笑着说道：

"一楼多好啊，有孩子，孩子都是天真无邪的，和你们待在一起很开心。"

我问他："你这么喜欢小孩子，是不是有个儿子或者女儿？"

王老头拍了我脑袋一下："有的吧，如果活着的话应该个头和你差不多高，算了，跟你说了也不懂，你看这是什么？"

王老头掀开自己衣服，他的怀里，竟然藏着一个黄色盒子。

"我去，你竟然抢到了，七天啊。"我掰着手指头高兴地对他说，"这样你就可以一下子攒七天了，一只手都数不过来。"

"我运气好，那天打扫卫生的时候，在一个砖缝里捡到的。"王老头得意地看着我，"呐，这个送你。"

"送我？你不用吗？"

"我一把年纪了，要它没用，我看和你差不多大的孩子都升上去了，你还在一层打扫卫生，不着急吗？"

"嘿嘿，是挺着急的。"

"着急就拿着。"王老头把盒子塞给了我，扛着扫帚打扫卫生去了。

第一次执行黄色盒子任务，我还是挺激动的，立刻收拾东西准备出门了。临走前，我对王老头说："等我回来，再一起打扫卫生，我眼神好，回头也捡一个还你。"

第二天，楼里照旧传来了热闹的工作的声音，我站在楼外，听着从没听过的妖怪的号叫，不知道去哪。

在楼外的大树下，我点了一堆篝火，王老头与我隔窗相望，互道声安好，相继睡去。

醒来后，发现我竟然躺在一张床上。

我从来没有见过如此柔软的东西。

一只小狐狸走了过来："你醒了？"

竟然会说话！

我的目光投向了房间的墙上，我看到了一对男女的画像！

那个男人越看越熟悉，终于，我认出来了。男人是年轻时候的王老头！

小狐狸说那女人是它妈妈，也是个妖怪，不过，在它更小的时候就失踪了，小狐狸一直独自生活在这座山头上。昨天把我救过来，是因为：我的个头和它一样高，它想和我交朋友。

妖怪交朋友都这么草率的吗？

我告诉它，我是人，它是妖怪，虽然语言没有障碍，但不能交朋友，我是出来巡视的，如果知道楼周围有妖怪，会有很厉害的叔叔过来捉你的。

听完这句话，它耳朵就耷拉了下来，坐在床边小声嘀咕："不是这样的，我妈说人和妖怪都是一样的，只要不互相伤害，是可以做好朋友的。"

面对这么个妖怪，我实在是狠不下心来，就对它说："做朋友可以，但不要待在古楼附近啊，太危险啦。"

"我爸爸妈妈，就是在这附近丢的……"

我理解，妖怪和人一样，失去家人后，也会不知所措，只能在原地待着，期待有一天，它们能找回来。

"这样吧，我带你见你爸爸，然后，你乖乖听他的话，去远一点的山头，重新盖房子好吗？"

"真的吗，那我要盖大一点的房子，可以住四个人的。"

它很高兴，把我都算进来了。

可能因为小狐狸是妖怪。所以只要一靠近古楼，就会有一道火光从高楼射出，打在小狐狸的身上。

小狐狸趴在地上哭了。

我把它扶起来。

"打疼了吗？"我问它。

小狐狸摇了摇头说："不疼，我想我妈妈了，这道火光是我妈妈经常用来打我屁股的。"

小狐狸不停地哭，火光就不停地拍在它前面的土地上。

想来，人类终究是人类，为什么能做出这等防御武器啊。

我抬头瞅着看不到尽头的古楼，上面黑森森的，到底住着或关着什么人呢？

夜里，我在窗前大树边上点燃了篝火，可王老头一直没有出现……

我们绕着古楼一圈圈地转着，期待王老头出现在某个窗口，我可以高兴地举起小狐狸告诉他，你等的是不是它，我把它带过来了。

可是他始终没有出现，小狐狸耷拉着耳朵，拽着我的衣角，突然停了下来。

它踩到了一只盒子。

我认得它，是给王老头的白色任务盒子。

可它为什么会出现在外面呢？

打开盒子，里面没有任务，是王老头留下的字条。

字条上写着：高层挺好的，做任务就可以永生，永葆年轻，可是楼上的任务内容却是……把自己打扮得帅气一些，找到异性女妖怪，想办法与她相爱。把她带回古楼，做成防御武器囚禁在古楼。

王老头可能是古楼里唯一的老头，他说他太尿，为了活命辜负了她，他做过的最勇敢的事，就是放弃高层，回到一层来，不过还是没有勇气走出去，一辈子窝囊在一层。

他看见了我带着小狐狸来找他。

但他没有勇气出面。

最后，王老头没有告诉我他去了哪里。

他只希望我能和小狐狸在外面好好生活，如果可以的话。

尽可能地阻止这个无厘头的任务。

小狐狸拽了拽我的衣角说："上面写了什么啊，妈妈还没教过我认字。"

我笑着对它说："是那个叔叔嘱咐我让我带你去找妈妈，你要好好吃饭，身体练得壮壮的呦。"

"嗯！"小狐狸握着拳头，耳朵一下子竖了起来。

"那里是你家吗？我能进去看看吗？"

小狐狸指着古楼，眼睛里带着光。

我想起了王老头提到的任务，永葆青春，永远待在古楼，听起来很有诱惑力。

但。

　　我摸着小狐狸的头说："不，那不是我家，你千万不要靠近这里，我们走。"

　　"那好吧，那我们去哪？"

　　"去盖房子啊，盖四间。"

　　"哇，很大的工程欸，你会盖吗？"

　　"啊，糟糕，我不会，我只会打扫卫生。"

起风了

\#

瞧，小阿巧又鼓捣出来个好玩意儿。

村口，小卖部老头坐在石凳上每天都会看到一个小男孩拖着奇怪的物件跑上山去。

每次，老头都会从冰柜里拿出一个甜筒送给他。阿巧便乐滋滋地一手举着甜筒，一手抱着自己的玩意儿跑去山顶。

每当太阳落山，阿巧回来时，都会满身泥土，非常狼狈。

老头依旧坐在小卖部门口等着，然后塞给他一支冰淇淋以作安慰。

所有人都知道，阿巧一直想飞起来。

他每天晚上放学回家都会动手用硬纸板给自己做各种各样的翅膀。

这件事几乎贯穿了他全部的童年。

　　每次别人给他泼冷水的时候，他总是信誓旦旦地回答，他真的飞起来过，那个时候他才 8 岁，他绕着山上飞了一圈。

　　有个女孩子，叫小曼，和阿巧同岁，她是当时唯一支持阿巧的孩子。但随着年龄渐渐长大，她也开始劝阿巧务实一点，毕竟都不是小孩子了，该长大了。

　　那年，他们都要离开老家去外地上大学了。

　　这天，阿巧来到村口的小卖部，老头照旧给他挑了一个甜筒。他告诉老头，以后不会再上山了，也不会想要再飞了。

　　然后，阿巧和小曼去上了大学，一个北上，一个南下，就没怎么见过面了。

　　印象中，阿巧只记得他爸是个飞行员，在阿巧很小的时候，他爸就开着飞机飞到了天上，再也没有回来。

　　阿巧知道后，他想去找他爸，小小的他只知道，距离天空最近的地方，就是高高的大山，于是阿巧就背着书包上山了。

　　爬到山顶后，他发现天还是很高，便晃晃悠悠地爬到了树上。快爬到树梢时，突然刮来了一阵狂风，将阿巧吹了下去。但是阿巧并没有摔倒在地，竟然御风而飞，那阵风，托着阿巧，穿过溪流，跨过山峦，在森林里穿梭……

　　最后阿巧在山脚下醒来，身上并没有伤，手里还握着从树上摔下时扯下来的树枝。这不是梦。

　　"我飞了，我会飞了！"阿巧兴奋地乱跳。

　　"那你就很棒棒啊。"

"谁在说话？"

阿巧转了一圈也没有发现任何人影，那个好听的声音一直盘旋在阿巧脑中。但从那以后，阿巧就再也没有飞起来过，也没有听过那个声音。长大后，他终于明白，小时候可能真的只是做了一个梦。

上了大学后，阿巧才知道自己爸爸在外面有多出名。

阿巧父亲原来在外面是一个家喻户晓的传奇人物。他曾拯救过一个飞机客舱里全部人的性命。

当时那架飞机经过一个强气流，发动机架断裂，两个引擎同时掉落。飞机完全失去了动力。但神奇的是，飞机竟然奇迹般地飞到了目的地，大家甚至都没有发现有什么异常。直到后来检查维修时，工程师才发现这架飞机没有了引擎。

没有了引擎的飞机是怎么像正常飞机飞行降落的？这件事在当时引起了全民讨论，众人把阿巧父亲奉为英雄。但，这件事不久之后，阿巧的爸爸就失踪了。

阿巧的大学同学第一次见到阿巧时，第一句就是问："你爸这么能飞，你是不是也有点遗传？"

这句话听多了，阿巧又燃起了飞翔的欲望。

但是他很纠结，毕竟十年了，他一直像个傻子一样在山上跳上跳下，滚来滚去，滚了十年，并没有飞起来过。

算了，还是别瞎想了，务实一点吧。

阿巧跟远在千里之外的小曼打电话，但是，除了倾诉思念，聊以前的事情，话题越来越干。

最后，阿巧跟小曼提到了他父亲的英勇事迹，结果却被小曼泼了冷水。

她说那个年代的传说怎么可能是真的，只是骗大家去报名做飞行员的一个宣传手段而已。没等阿巧回话，小曼就挂掉了电话。

每天晚上，阿巧都会站在学校宿舍楼天台上，想跳下去试试能不能飞，但是不敢。

"如果我跳下去，摔死了怎么办？"阿巧自言自语道。

"那你就很棒棒啊。"又是那个声音。

可能是幻听，阿巧没有在意，毕竟从小到大有那么多奇怪的事情发生呢。

这天，阿巧和舍友在宿舍里刷到了一个大新闻。

南方现在正在经历台风天气，而受灾最严重的城市正是小曼所在的城市。

阿巧决定去救小曼。

因为台风的关系，火车并不能直达小曼的城市。

阿巧下了火车后，租了一辆电动车，迎着暴雨飞奔而去。

离小曼的城市越来越近，风也越来越大，路上没有行人，没有车，只有随风移动的垃圾，和一个把车开得歪歪扭扭的小伙子。

阿巧掏出手机给小曼打电话。信号断断续续，只听出来小曼说她躲在宿舍里，不过楼顶已经被台风掀掉，她们正暴露在暴雨中，头顶上到处都在飞铁片子，救援队还没有赶到。

讲到这儿，小曼突然没了声音。

阿巧急了，拧紧油门，但速度越快，车越不稳。终于，经过一个水沟时，阿巧连人带车翻了出去。在空中翻滚的时候，阿巧看见电动车砸在地上滚了几滚，离自己越来越远。但阿巧还发现了一件事，他竟然飘在空中没有落地。

阿巧笑了笑，在雨中翻了个身背对着地。

暴风雨中的小曼正和舍友躲在床下，上面时不时会吹来一些石子，铁片。

宿舍门被堵住打不开。处于绝望状态。

"小曼——"

熟悉的声音传来。

小曼抬头望去，发现是阿巧，他举着一把巨大的小摊贩才会用的伞停在空中。

"我来救你了。"阿巧把手伸出来笑着说道。

"那你很棒棒哦。"

这句熟悉的台词又出现了。

每次出现，就会把阿巧从美好的幻想拽到现实中来。

阿巧发现自己并没有飞在小曼的宿舍上空，而是安静地躺在马路上，身边是一摊红色的液体。

电话传出小曼的声音："不用担心啦，我们已经安全撤离啦。"

"那就好。"

阿巧想回复，可自己怎么都发不出来声音。

#

这几天村口老头的小卖部的门槛快被踩烂了。来访的村民们都叹着气来，叹着气回去。

老头手里握着一份报纸，闷不作声。上面有一个报道，一个大学生骑电动车出车祸死在了路上。图片上那位躺在地上的大学生，正是阿巧。

村民说阿巧其实是老头的孙子，是个留守儿童，在阿巧8岁时，阿巧父母攒了钱买了机票想提前回家过年抱抱阿巧，结果那架飞机失事，机上乘客全部遇难。

小小的阿巧在电视上、村民的口中隐约知道了这件事。他经不住打击，便得了幻想症，就是每天神神道道地幻想着自己能飞，父亲是个飞行员……这一病就是10年。但除了幻想自己能飞，阿巧和平常人并无二异，也能正常生活上学，高考过后，阿巧突然好了，不觉得自己能飞了。可没想到，去了大学后，幻想症复发，结果……

村民们走后，老头从冰柜里拿出一支冰激凌，坐在门口石凳子上。

起风了，老头的冰激凌被风吹到了地上，他抬头望去，山上的森林里，有棵树抖得异常激烈。

你的胳膊还给你

　　周一早晨，小罗姑娘站在破旧的出租屋里打了个哈欠，然后拍了张照片，发了个朋友圈：最近水逆，昨晚睡觉，右胳膊被偷了。后面附上了懊恼的表情。

　　盯着空荡荡的右袖，小罗接连叹了好几口气。

　　从写作文拿小红花，到编小星星认识了前男友，再到毕业找工作时写了一篇华丽的文章征服了面试官，在大城市找到了一份工作。右手简直是功臣。

　　当然最得意的一件事，就是上周五用自己的纤纤玉手狠狠地打了老板一耳光。

　　"例假还没走，谁也别想让我周末加班。"

　　可现在冷静下来，哪还有脸回去啊，不仅没脸，胳膊也没了。

　　可是生活还是要继续呀，衰气少女燃起来，不然交不起房租啦。

到了公司后，发现了很悲伤的一件事，"没法打卡，枉我今儿个为了好好表现来这么早。"

小罗头顶着墙，煎熬地听完身后同事们嘀嘀的打卡声，终于迎来了慷慨激昂的皮鞋声。

小罗马上转身把老板拦住：

"老板，事情是这个样子的……"

"滚。"

"哦。"

小罗悻悻地回到座位上，想着果然玛丽苏剧都是骗人的，如果在小说里，老板肯定会觉得我和外面那些妖艳的贱货不一样，他会带我去城里最贵的奢侈手臂店，面对满墙的手臂然后霸气地告诉我，随便挑。

因为只剩下一只手，所以小罗一个人加班到了晚上 11 点。

回去的路很安静，要不是马路两边的小区楼亮着温暖的灯光，小罗就会怀疑这世上只有她自己一个人。

其实加不加班对她没差别。

反正都是自己一个人，而且自己这点工资，扣除房租和伙食费，根本没钱出去玩，每天的日常就是公司出租屋两地跑，周末就宅家里看剧读小说，日子过得充实而又孤独。

秋风起，昏黄的路灯下，一位姑娘迎着飞舞的落叶，独自走在马路上。多么唯美啊，如果前面那个路灯下的垃圾桶里没有吊着一只手臂的话！

是想吓死谁。

小罗看着这个长满汗毛，到处都是文身的花臂，脑补了一下手臂原主人可能是一个身穿不系扣子的黑衬衫、紧身裤，配尖头皮鞋的膀大腰圆的胖子，就打了一个寒战。

肯定是没卖出去，被人扔在了这里。小罗向左横跨了一步，远离它。

但没走几步，她就停了下来，然后踱着小碎步跑了回去，把手臂捡回了家。

重新买个手臂要好多钱呢，这个手臂是丑了点，但勉强能用，等攒够了钱，再换个新的就好了。

小罗趴在地毯上，眯着眼睛，用胶布把这个手臂的手毛一片片地粘了下来，然后她翻箱倒柜，找出一瓶粉红色指甲油，仔细地涂在指甲上，装在肩膀上。她拍照又发了个朋友圈：以后请叫我金刚芭比小罗。后面附上一个奋斗的表情。

第二天早晨，小罗迷迷糊糊地爬起来，来到卫生间，右手垂放在前面，呆站在马桶前好几分钟，然后手上下抖了抖，小罗才彻底清醒过来。

刚才发生了什么，我为什么会做这么诡异的动作，她不明白动作的含义，但是她明白了一件事，就是这手臂还保留着原主人的一些生活习惯！

太可怕了！

小罗动了动手指，发现挺灵活的，决定还是留着吧。先搞定工作为重，只要没有太变态的习惯就行。

挤在公交车上，小罗战战兢兢的，生怕手臂原主人有猥亵女生的习惯，还好目前为止还算老实。

小罗突然感觉身后传来了一阵闷热，用余光扫了一眼，是一个高瘦的猥琐男趁着车厢比较拥挤就贴了过来，并伸出了咸猪手。

小罗很害怕，就把胳膊的文身露了出来，并朝身后抛了个凶狠的表情，但并未奏效，男子反而变本加厉。

正当她不知所措时，小罗的右手突然伸到身后稳稳地抓住了咸猪手，然后用力一甩，猥琐男就被狠狠地摔在了地上。

小罗完全惊呆了，反应过来后又对猥琐男裆部补了两脚。

到了公司，小罗坐在位置上抚摸着刚才立了功的手臂，心想，以后老板再欺负我，就不单单是扇耳光那么简单了！然后她兴奋地朝空气挥了两下拳头。

老板不知啥时候背着手站到了她的前面，他看着那涂满粉色指甲油的粗壮花臂，无奈地叹了口气走了。

新手臂貌似比原来的手臂更好用，原来需要加班才能完成的工作，现在竟然提前一小时就敲完了。

于是小罗有了进公司以来的第一次准点下班，她决定出去逛一逛。

来这个城市这么久了，貌似都没出去好好逛逛呢。

小罗用右手提着买来的一大袋好吃的，突然觉得右手力气好大啊。去坐过山车，右手则把自己牢牢地固定在座位上，突然觉得好有安全感。最后玩累到虚脱，右手还有力气帮自己把瓶盖拧开……她发现，有这条胳膊陪着，比其他白白净净细皮嫩肉的胳膊幸福多了。

晚上，小罗站在镜子前面，看着肩膀上的右臂，突然很想认识一下原主人。

她怀疑这条胳膊可能是她老板的，老板从来都是裹在一身西装里，有什么事都是助理秘书来做，从来没见他伸出胳膊来做过什么事，就连上次我甩他一耳光，他也是全程冷漠脸，没人知道老板下班后是个什么样子的人。

下班后，她偷偷跟踪老板。然而令她失望的是，老板有着完整的双臂，干干净净的，手指修长，一看就是从小受高等教育，并且十几岁就拥有钢琴十级证书的富家子弟，和自己身上的完全不是一类臂。

小罗既高兴又失落，摸了摸手臂转身要回去时，老板却突然把她叫住了，"那谁，跟了我一路了，上去坐一坐吧。"

老板家里的装修很符合他的气质，性冷淡风，小罗坐在沙发上端着一杯白开水，前面是没开的电视机，旁边是面瘫的老板，场面非常尴尬。

小罗把水杯放下，背起包刚要说走，老板就起身去卧室了。

小罗保持着半起半坐的姿势，不知所措。

不久后，老板从卧室走出来，手里还端着一个盒子，示意小罗打开它。

里面竟然是一条胳膊，看得出，和小罗新装上的胳膊属于同一个主人。

　　老板说这是他之前的胳膊，那个时候，他喜欢骑摩托围着大海绕一圈又一圈，也养了一只小狗，给它做了个头盔，骑摩托车带着它围着大海绕一圈又一圈。

　　老板是被收养的，养父还有个儿子，老板叫他哥哥，从小就是乖乖男，养父一直想把公司交给他哥哥管理，老板自己也表示无所谓，他志不在此。然而哥哥还是一直担心老板会把公司抢走，便想偷偷地把老板摩托车的刹车弄坏，不过不小心被老板养的狗发现了，狂追了一路后，哥哥不小心被路上的车撞成了植物人。

　　后来，老板遵从养父的意愿，就把狗送了人，换上哥哥的胳膊，脱下皮衣，换上西装，变成了一个冷酷的生意人。

　　其实从面试起，老板对小罗就有了好感，她写的文章触动了他尘封的浪子之心。

　　可是，现在的他是个满是城府的生意人，和她心中所想的浪漫王子有所差距，唯一能做的，就是希望让一部分以前的他，陪小罗一阵子。

　　一般，故事讲到这里，就应该男女抱在一起，随后发生了不可描述的事情。可是这个时候，一个女生闯了进来。

　　她是老板前女友，拿着小罗遗失的胳膊着急地喊道："这是你的胳膊，把他胳膊还给他，从此你们俩撇清关系别再来往！"

　　这肯定是老板养父朋友的女儿，为了商务合作强行配给老板的大小姐，但是女情男不愿外加上之前大小姐从来没有受过拒绝，就赌气和老板耗到底。

　　老板让她别无理取闹，可前女友吵闹不止，一直用文雅的词汇辱骂小罗。

"算了，当初也是为了应付工作，才借用你的手臂的，现在，我的手臂也找到了，就没理由再用了，还给你吧！"小罗摸着右臂，虽然有些不舍，但还是决定拆下来，还给他。

小罗慢慢地摸向右臂关节，用力一扯。"糟了，拆不掉了！"小罗惊恐地说道。

彩虹国

我的梦想是成为拯救彩虹国的英雄。

彩虹国曾经是一个童话般的王国，是世界上所有人都梦想着前来的地方。李老头总是坐在河边的石牙子上无神地瞅着天边随处闪烁的彩虹，这么自言自语。

彩虹国前不久发生了一场战争。

我随着硝烟而生，伴着战火长大。

战争让青山绿水白云般的童话世界变得满城狼藉。这里唯一还能让别人看出这里是彩虹国的，就是我们国人身上的特殊服装了。大家都穿着清一色的黄色衣服，有点难看，而且还特别招虫子。

都穿着这种衣服，似乎审美是个无用的东西。

不巧的是，我与这个世界似乎格格不入，因为我比较爱美。我很喜欢找李老头玩，因为只有他身上穿着橙色和黄色相间的衣服。李老头是这里年龄最大的人，我们对彩虹国所有的认识都源于他的介绍。

他说没有战争之前，这里的颜色比彩虹的颜色还要多。然而不知从什么时候开始，祥和的彩虹国都会定时发生战争，美好的国度会陷入黑暗，黑暗褪去后还要不断地修复着残垣断壁。

李老头讲完了故事，众人散去，唯独我前去继续缠询。

我问了很多问题，譬如为什么会有那么多战争，为什么大家都不记得之前的事，还有为什么我们要穿黄色衣服，而他不用。

但李老头每次都只会笑着回问我为什么有这么多的问题。

我不断纠缠，李老头终于答应了领我去看看别的东西。

李老头将我领到杂草丛生的荒芜之地，用脚在地上画了一条线告诉我，这里就是彩虹国的边界了。

这番广阔的天地我都可以在这里养鲸鱼了，这算什么边界啊，我肆意地向前跑去，突然我的脸像是被一只无形之罩弹开，倒在了地上。

躺在地上，我看到刚才崩我脸的地方闪出一道彩虹，一直延伸到彩虹国的另一边。彩虹途经的轨迹就是无形之罩的位置所在。

李老头说，我们祖祖辈辈都生活在这无形之罩内，大家虽然知道边界的存在，却没想过出去，大概是因为在里面生活得很开心吧。

开心？本国国人太容易满足了吧。如果连好看的衣服都没的换，那和咸鱼有什么区别。

我们赶了回去，国人还在有条不紊地修建楼宇，这些楼宇都是在废墟的基础上修建而来的，从颜色分层就能看出，这楼宇分明是经过了无数次的废墟和修建的轮回啊。倘若这次修建成功，可能不久就会有战争出现，再一次摧毁这一切。

我们最应该做的，难道不是阻止外面的人发动下一次战争吗，为什么要选择一次一次地不断修复呢？

"有没有人想要冲破边界，阻止战争的发生？"我站在最高的楼顶，朝下面的小黄人喊道。

李老头没有管我，继续呆坐在河边的石牙子上。

我嗓子都快喊哑了，大家依然有条不紊地工作，没人理我。

族长将我劝下来，对我说，"如果你很闲，请下来一起劳作；如果你不想劳作，请不要扰乱民心。"

没人会去理会一个鲁莽少年的想法。

为什么我的思想会这么复杂？如果我和他们一样，每天只需搬搬砖盖盖楼就会满足，不会好奇边界外面的世界，便也不会无端生起这么多烦恼了。

英雄的思想都是不被世人理解的，我这样安慰着自己。

楼宇渐渐地多了起来，彩虹国快要恢复成它该有的样子了。

可我不是很开心，因为老李头说，下个月，就到了战争出现的日子了。我问他有没有解决办法。他却摆出不在意的样子说，"反正不会亡国，只不过是再重新来一遍罢了，早已经习惯了。"

我难以理解，"身后就是大家辛苦多年才复原的琼楼玉宇，还没稀罕几日，你就舍得让别人糟蹋了？"

李老头默不作声。

我一路狂奔，来到边界处，疯狂地朝彩虹罩子扔石子。湛蓝的天空瞬时被彩虹充满，不断闪烁的彩虹仿佛世界末日前的狂欢。

我躺在草地上，盯着天空上的彩虹光带逐渐消失，黯然神伤，似乎大家都不是很在意英雄的出现。罢了，我也没有能力拯救彩虹国，配不上英雄的称号。

轻盈的脚步声传来，是族长的女儿。

她躺在我身边问我想不想当英雄。

我跟着她来到了彩虹国中间最高的建筑物。

她说她观察了很久，每当触碰边界时所产生的彩虹光带延伸到这里，都会有些空缺，好像这里并没有覆盖那种无形之罩。

我兴奋地将她抱起，围着屋子绕了三圈。

我带足了干粮，围着彩虹国边界绕了一圈，触发出来的无数条彩虹光带围成了一个倒扣的碗，族长女儿记录了所有的缺口位置，而这些缺口正好围成了一个正方形。这个正方形，可能正是没有被发现过的边界出口。

我把图纸兴奋地拿给李老头看，可并没有收获到震惊的表情。他只是跟我竖了个大拇指，然后摸了摸橙黄相间的衣服，不说话了。

距离老李头所说的战争的日子越来越近。

我们找到了族长，谎称当楼舍全部建设完毕时，如果有一盏巨大的孔明灯用来庆祝，那就再好不过了。

　　族长答应了我们的请求，派人帮我们做好了孔明灯。

　　那天楼舍建设完毕，伴随着众人的欢呼声，我和族长女儿坐着孔明灯缓缓地飞向空中。

　　庆祝仪式结束，我们并没有降落，而是加大了火力，直直地飞向了那个我们发现的正方形洞口。下面的人群开始躁动，我则搂着族长女儿开心地乱蹦，如果那个正方形真的是出口，那我就是拯救彩虹国的英雄了。

　　孔明灯距离正方形越来越近，果然，彩虹没有出现，孔明灯成功穿过了边界，我们激动地相拥而泣。

　　我们身处黑暗中，只有我们来时的那个方形洞口，还在显示着彩虹国的一切。

　　我们想减小火力降落回彩虹国，结果空间突然天翻地覆，方形洞口移到了我们上方，彩虹国越来越模糊，我们身处的这个空间则越来越亮。无能为力，我们只能抱在一起等着孔明灯降落。

　　空间突然亮如白昼。

　　抬头望去，发现上方密密麻麻的穿着银色盔甲的士兵拿着长剑排着队从方形洞口涌入到彩虹国，还有一些没毛的怪物。

　　我不知道，老李头，村长他们能不能抵挡得住这些怪物和士兵的攻击，那些刚刚建好的亭台楼阁还没来得及……

　　我想加火赶回去，可不管怎么样，这个孔明灯总是往下降。

　　终于，孔明灯落在了一片废墟之中，我和族长女儿走下来环顾四周，发现这里和彩虹国竟出奇地相像，我们手挽着手走到了一条河边，坐在一个石牙子上。

这时，身后的废墟传来石头碰撞的声音，转身望去，几个小孩从废墟中探出头来。他们发现环境安全，就爬了出来。熙熙攘攘的一堆，原本冷清的废墟瞬间热闹了起来，和我们不一样的是，他们都穿着绿色的衣服，我和族长女儿低头瞅了瞅，发现我们的衣服，都变成了黄绿相间的衣服……

彩虹国是所有人都梦想着前来的地方，不是因为它有多美，而是因为它会满足所有人的愿望。有人希望能成为英雄，有人希望能盖出一幢完美的大楼，有人则希望能有一场浪漫的爱情。不管你的梦想是什么，彩虹国都会给你满意的答案。

谁先到学校谁先死

去年大一我满怀憧憬，拎着行李只身来到了这所大学。为了像偶像剧演的那样过着丰富多彩的校园生活，一入学，我就报名了很多个社团。然而，我想象中的各种联谊，各种游玩，统统都没有，有的只是手机里永不停息的通知和开不完的例会。

大一下学期，我和闺密便陆陆续续地退掉了那些没用的社团，这半年算是想明白了，干吗要参加这种钩心斗角的社团呢，有这时间，还不如待在宿舍看一会儿偶像剧呢。

这个周末，舍友们不知都去哪玩了，只剩我一人躺在床上看剧，这时手机响了，是闺密发来的一个链接。

点开，果然闺密是懂我的，首屏是完爆国内各路小鲜肉的一个帅哥的照片，继续向下划，是学校一个冷门社团的介绍，社团的名字叫作"尊敬师长，团结同学社"。

社团名虽然老土，但是社长帅啊，我便毫不犹豫地提交了申请。

社团账号每天都会推送类似父母朋友圈的无聊鸡汤文，不过，醉翁之意不在酒，几经周折，我终于要到了社长的联系方式。

我的大学生活终于可以像电视剧中演的那样精彩了，我想。

这天，我顺利地把社长约到了咖啡厅，准备表白，我把这件事告诉了闺密，希望她能给我加油打气。

可信息发过去后，对面的社长突然变了表情。

"你在搞事！"社长突然笑了笑就走了，我还没来得及倾诉衷肠。

闺密找到我，她说，当初发链接给我，是想让我给她把把关，并不是要给我介绍男朋友。

尴尬。

终于我还是过上了电视剧中的样子，不过可惜的是，我是个悲哀的女二号。

从此以后，我有了更多的时间宅在宿舍里，吃着薯片，看着闺密在朋友圈刷屏他们出去游玩的照片。心中升起一股无名火。第一次把心爱的薯片捏成粉末，并留言了一句："秀恩爱，死得快！"

她删评论，我继续留，这场战役一直持续到半夜 12 点。我终于赢了，她没有继续删。然而我第二天才知道，我赢得很彻底。

社长真死了。

晚上他在天台跟闺密打电话，不小心摔了下来。

我立马删了评论，跑去闺密宿舍。她一个人躺在床上，一言不发，她舍友说她这样子已经一天了，说什么都听不进去。

虽然我和闺密宿舍临近，但从那天之后，我和她几乎没了交集，她像是变了一个人，和我形同陌路。

终于熬到了暑假，为了能暂时忘掉学校里的阴霾，我几乎每天都宅在家里疯狂看剧！

开学前几天，好久都没有震动过的手机突然接到了一则通知。打开手机发现竟然是"尊敬师长，团结同学社"发来的通知。

印象中，那个社团本来就没几个人，自从社长出事了之后，好像再也没有推送过任何东西了，点开后，通知的内容，也更加诡异：

我会按照你们到学校的顺序，挨个接来见我。

我把它当作恶作剧，并未放在心上，然而大二开学的第一天，学校就发生了命案。

有一位暑假没回家在学校里勤工俭学的女同学，遇害后被扔到了图书馆的电梯里，唯一的线索，就是手机里的最后一条短信："我来接你了。"

全校学生，都收到了那条通知。

我冲到闺密的宿舍，印象中，她们有开学聚餐的习惯，所以一般来得都比较早。

她们宿舍三人，全部蜷缩在一张床上，试图删掉那该死的通知，可无济于事，闺密人不在宿舍。

她们说闺密一直没来，也联系不上她。

没来，太好了，我要告诉她，千万别来学校。可当我打通了她父母的电话，才发现了事情的严重性。

她父母说她暑假刚回家没几天，就回学校了。

如果真是这样的话，按照规则，闺密可能就是下一个受害者。

现在最重要的问题，就是先找到闺密。

可她现在在哪儿呢？

光报警还不够，我一定要尽快找到她。

很快，第二个受害者出现了，再一次证实了那条诡异的通知。受害者是在食堂吃饭，从午饭时间一直坐到晚自习，保洁阿姨好奇，碰了她一下，然后那人就倒了。

听到消息，我马上跑过去，心里祈祷，千万不要是闺密。事发现场，几个女生蹲在地上泣不成声。我不认识她们，但看到她们哭，我松了一口气，倒在地上的人，并不是我的闺密。

其实我不应该这么轻松，每个人都是别人生命中最重要的一位。

上次是图书馆，这次是餐厅，下一次案发地点会是哪里呢？

图书馆，餐厅……对了，篮球馆！

这三个字，我几乎是喊出来的，伴随着众人异样的眼神，我健步朝篮球馆跑去。

这三个地方我太熟悉了。

闺密每天都会发动态，她和社长约会时去的每一个地点都会用朋友圈记录下来。第一次约会那天，闺密和社长就依次去了图书馆，餐厅和篮球馆。

如果，篮球馆也发现了尸体，那么……

撬开篮球馆的门，空旷阴森的篮球馆里放着两个锈迹斑斑的篮球架。我借着月光看到，正对着我的那个篮球框里，吊着一个人。

果然，我的猜想是对的。

唯一能接触社团账号发通知的是她，尸体的藏匿地点也和她的朋友圈有关，要给每个同学的到校时间排序，也不简单，只有计算机高才生的她能做得出来，我的闺密！

我又报了警，为了同一个人，不同的原因。

不一会儿警察又找到了我，他不耐烦地拍了拍我肩膀："你说你闺密可能是凶手，那她是谁？"警察指了指抬到地上的尸体。

我没有想到，篮球筐上的尸体，竟然是我闺密。我的脑袋撕裂般疼痛，眼泪泉涌一般，似乎全世界所有的针都充盈进了我的心脏。

叮咚——我的手机响了。

"下一个接走的，就是你哦。"这条消息，让我清醒了过来。

我颤抖地打开了闺密的朋友圈，想看一下我会死在哪里，诧异的是，闺密的朋友圈动态，竟然全被删除了。

我没做逃跑的打算，也逃不掉，唯一能做的，就是主动迎战。

学校已经混乱得不成样子了，警察比学生多。

　　我来到社长生前所在的公寓楼，大家都捧着手机惊慌失措地走走跑跑，没人注意我这个女生来到了这里。

　　我来到顶楼天台，社长出事后，学校在这里加固了一层栏杆。

　　我刚走过去，突然弹出一根绳索将我绑在了栏杆上，身后就是十几层的高楼，摔下去的话，我可能是这几天死得最惨的一个。

　　"你痛恨什么？"不知哪里传来了一个男人的声音。

　　"你是谁！"我喊道。

　　"请先回答我的问题。"

　　嘭！

　　身后传来了螺丝钉崩掉的声音，和我绑在一起的栏杆也开始轻微地晃动。

　　"我痛恨背叛。"我回到。

　　"还有呢？"

　　第二颗螺丝钉也崩掉了，栏杆不知道还能坚持多久。

　　"还有欺骗，诋毁，伤害！"我声嘶力竭地喊道。

　　"是吗？那你还憎恨他们吗？现在，对你最重要的是什么？"

　　身后不断传来螺丝崩掉的声音，栏杆晃动越来越剧烈。

　　"活着！最重要的是我还活着！"我喊道。

　　"哦？"

　　最后一颗螺丝钉也崩掉了，我背着栏杆从天台跌落了下去。

自由落地体时间比我想象得要短。

我落在了软软的垫子上，还没等我反应过来，啪！四处亮起了刺眼的灯光，灯光把这片地方照得亮如白昼，这里竟然是一个偌大的剧场。

掌声传来，转身望去。我发现社长、闺密、警察、同学们、都聚集在了这里。

他们喷着彩花，庆祝着什么，社长最先走了过来。拎起一支话筒，摆出摇滚的姿势，帅气地喊道：

"恭喜这位同学，通过考核，正式加入'尊敬师长，团结同学社'！"

烛光晚餐之前

今天是我和丈夫结婚十一周年的纪念日，原本是一个值得庆祝的日子，可状况就在今天发生了。

我早早地起床，想要赶早一点去公司把工作完成以便早点下班与丈夫共享烛光晚餐。

丈夫还在床上打呼噜，我在洗手间刷牙，客厅里突然传来了电话铃声。

我快速地漱完口，提着毛巾前去客厅，却发现丈夫已经接起了电话。

他已经穿好了衣服，只是显得很焦躁，衬衫领像是没洗干净似的泛着污黄，而且扣子也不知被他扯去了哪里，他一直在那里抓着头发满客厅地走走停停，嘴里不停地说着："你都失踪两天了，你去哪儿了？今天是结婚纪念日啊，纪念日啊，你在哪啊，我去接你，今天有烛光晚餐吃。"

　　我不明所以，可能是他怕工作中的事打扰了今晚的烛光晚餐计划吧。

　　我摇摇头，用毛巾擦擦头便去女儿卧室想叫她起床。

　　刚走到卧室门口，里面就传来了女儿咿呀的笑声。

　　开门，发现女儿早已梳洗打扮完毕，背着小书包坐在床上，丈夫正在笨手笨脚地给她扎辫子，辫子扎得很丑，惹来了女儿无情的嘲笑。

　　见我进来女儿便蹬着脚冲我喊道："妈咪，你终于来了，快帮我扎辫子，我爸他笨死了。"

　　丈夫无奈地耸耸肩，然后把女儿一把推倒："你说谁笨呢啊，我扎的多好看，你要相信直男的审美。"

　　房间又充满了嬉笑声。

　　我返回到客厅，却发现客厅十分安静，并没有人。

　　奇怪了，刚才丈夫在打电话，转眼间却钻进了女儿的房间里，而且衣冠整洁，完全没有刚才颓废的样子。

　　难道是我出现幻觉了。

　　看来是工作压力太大了，现在这个年代哪还会有人用固定电话呀。

　　印象中七年前我把家里的固话号码存进手机之后，就从来没拨过。

　　我拿起桌上的手机翻了一下通讯录，那串数字依旧躺在最底下，我都快记不住了，便随口读了几遍号码。

门外突然传来了汽车喇叭声。

透过窗户望去，丈夫已经把车从车库开出来了，女儿也打着哈欠坐在后座。

丈夫把车窗摇下，冲着我说："亲爱的，今儿我送你去公司。"

怎么这么快，他们刚才不是在卧室里吗？

心事重重地上车，我拍了一下丈夫脑袋："今天虽然是结婚纪念日，但是别再整蛊我了，一点都不好玩。"

"什么整蛊？"丈夫一脸迷惑。

"刚才，起床时，你在客厅打电话，然后突然又出现在女儿的房间里，一愣神的工夫，你又把车开出来了，你是不是请了群众演员？"我责问道。

丈夫先是疑惑地瞅着我，然后说道：

"我醒来之后就没见过你，也不知道你去哪儿了，手机落在了床头柜上也没带。我想着你应该是晨跑去了，就没管你，收拾好了就等你回来，然后就发现你从洗手间拿着毛巾出来了。"

我拍拍头，看来真的是该休息了，便闭上眼停止思考这件事。

车在我公司楼下停了下来，回头，与丈夫吻别，关车门之前，丈夫提醒我："一定要记得晚上早点回来享用烛光晚餐呐。"

我答应得很爽快。

来到办公室，发现手下的组员们都已经到了，已经开始工作。

奇怪的是，我经过他们身边时，他们并没有对我打招呼。平常我来到时，作为下属的他们，都会对我说早安的呀。

现在这种情况，就好像我已经来过了一次。

我想了想，便敲了几下桌子。

他们听见声音后便惊慌地站起身来，拿起笔和笔记本快步向会议室走去。

什么情况？

我拉住最后一个实习生，问道："你们这是要干啥去啊？"

实习生推了一下眼镜说道："总监你不是让我们去开新楼盘的创意会吗？事发突然，我们刚才在赶材料。"

"什么楼盘？我怎么不知道？"

"你不知道？那刚才为什么还让我们开创意会？"

我没有啊。

现在事情越来越复杂了，我冲进会议室，发现里面空无一人，我仓皇地环顾四周，里面没有窗户，没有暗门，而那些人就像是突然蒸发了似的。

推门出去，却发现刚才那些人正坐在自己座位上闲谈。组员们看到我出现，便齐刷刷地冲我打招呼："总监早上好。"只有角落里的那个实习生不解地看着大家。

当众人打完招呼后，他才表情凝重地打量着我，他手里拿着一张紫色卡片，上面用马克笔写着一串字符，感觉他要哭了。

我坐回办公室。

真希望这一切都只是一场恶作剧。

我走到办公室门前，每隔 5 秒开一次门。

发现每次开门，眼前的景象都会和前一次多多少少有些区别。

而那些人就像是会瞬移，短短几秒，就出现在了办公大厅中的各个角落。

我觉得，这些人物和环境，都只会在我不注意、看不见时突然转换。仿佛是各种平行时空，像投影仪般，挨个在我眼前投放。

我拿起一支笔，把它抛向空中，然后闭上眼睛，果然，并没有听见笔落地的声音，睁开眼睛，那支笔也不知去了哪里。

我瘫坐在座椅上。

笔是没有生命的，这件事足够说明，门外的那群人，并不是其他平行时空匆匆而来的过客，他们好着呢。

因为只有我在不断地经过无数个平行时空。

就像无数个齐头并进的火车，其他人只是从一辆车厢转移到下一节车厢，而我则是不断地从这辆火车，转移到下一辆火车。

看似轨道一致，其实，每一次眨眼，眼前的人都是不同的。

没有人会记得我和她做过什么事，我也不会知道我和他们都共同经历了什么事。

我陷入了时空平移。

我必须找出属于我自己的那节车厢，并待在那里，我丈夫还在等我吃烛光晚餐呢，不知道属于我的那节车厢，丈夫还记得今天这个日子吗。

我想到了一个办法。我找出一本彩页笔记本，把所有颜色抽出来，然后朝天花板扔去，随机捡到了一种颜色——绿色，切割成几个卡片，然后在上面随便写上一串数字：Ab451。我把卡片分发给组员，但实习生已经有了一片紫色的卡片，我就没分给他。如果我能想到这个办法，那么平行时空的其他的我肯定也会做出同样的事。

接下来一整天，我时不时让组员们举起卡片。我发现，他们每次举出的卡片都和上一次不一样，但彼此都是相同的；只有那个实习生，每次都错开。

我想，可能是因为上午我把他拉住了，他才会和我一样，陷入时空平移。

如果在某一次，他的卡片和其他人形成了一致，那么就应该所有时空的他都回到原来的时空了吧。

我把他叫到我办公室，让他和其他组员隔开。在几百次尝试之后，他的卡片内容和其他组员终于一致。我激动地睁着眼睛把他送回小组。他也许永远不会知道我为啥要给他卡片，为啥最后热泪盈眶地将他送回去。

现在只剩下我了。

那我要如何证明，并回到原本的时空呢？

下班，快到约定的烛光晚餐的时间了。

我驱车赶回去，想着，不管谁是谁，只要丈夫准备的烛光晚餐对面，有一个和他妻子长得一样的人陪她就行了。

回到家，掏出钥匙，刚要开门，却发现里面有个女人的声音。

从窗户往里望去，发现已经有一个我坐在餐桌旁，和丈夫共享晚餐。

旁边女儿穿着公主裙，一家三口其乐融融。

找不到家人很孤独，更孤独的是回到家发现已经有人代替了你。

为什么会这样？怎么会同一时空出现两个自己呢？

难道我白天想到的规则与逻辑都是错的吗？

一只老鼠突然出现，我吓得大叫一声。

声音被屋里的女生听见，透过窗户，我看见她放下了刀叉，朝门口走来。

我不能被她发现，我不能毁了他们和谐的家庭氛围。

我疾步逃走，然而刚走几步，我就觉得头部被铁锹砸了一下，便昏了过去，失去了意识。

醒来，发现我躺在一家医院里，身上缠着绷带。

身边的护士见我醒来便向我说明情况：

"你前天晚上出了车祸，肇事司机逃逸了，你身上的钱包和手机什么的，受伤昏迷在路上时都被无良的路人顺走了。还好有一个善良小伙子经过，拨打了120，并陪你到现在。"

我转身望去，发现是那个实习生。

　　我使劲眨眼睛，发现他还在那里，眼前的景象一点没动，我大喜，我是逃脱了时空平移？还是发生的这一切都是我昏迷时做的梦？

　　"你手机丢了，还记得你家属的联系方式吗？"护士问道。

　　联系方式，都存在通讯录里，我一个都记不住啊。

　　等等，我记得，我还记得我家里固定电话的号码。

　　实习生用他手机帮我拨通了电话。

　　"喂，老公。"我虚弱地叫道。

　　听筒里传来了丈夫焦躁的声音：

　　"你都失踪两天了，你去哪儿了？今天是结婚纪念日啊，纪念日啊，你在哪啊！我去接你，今天有烛光晚餐吃。"

　　通完电话，我激动地大哭，实习生也激动地鼓掌，事情是终于结束了吗？我，终于可以去吃烛光晚餐了。

地铁妖灵

广告牌都变成了诡异的红色。

地铁到站，但是没有开门。我透过车窗看到外面站台上站着一个戴着帽子的黑衣男子，直直地站在那里，像个雕像，地铁驶离站台，他也没有抬头。三分钟后，地铁到了下一站，发现黑衣男子又出现在同样的位置，同样的姿势，只不过头相比上次稍微上扬了一些，这次可以看见他的鼻子。

鬼打墙？有点意思，这个男子在站台上的位置，一直对着我所在的车厢。虽然他纹丝不动，但是我能明显感觉得到，如果我有半分松懈，车门就会突然打开，那个男子就会闪进来取走我的性命。

我擦了擦手上的汗，紧盯着车门，他没上车。

下一站，站台上竟然出现了两个男子，像两尊一模一样的雕像；另外一个黑衣人，站在那姑娘所在的车厢门前。这次我终于能看清他们的眼睛了，湛蓝色的瞳孔，仿佛是在挑衅：车厢门开后两人同时冲进来，我是救那姑娘，还是自救。

地铁驶离站台，我赶紧转身找那姑娘，谁知，无数节车厢，每节车厢都有那姑娘，就像是被"复制粘贴"过一样，我根本分不清那姑娘的本体是谁？

我要在下一站到来之前找到她，否则她就很危险了。

我在车厢里大吼一声，终于把她吵醒，可所有车厢里的姑娘动作都一模一样，我在车厢里不断跑动，无数个姑娘全都十分惊讶地瞅着我："你这个家伙怎么也跟过来了？"

很显然，她看不见自己的那些分身，也没意识到自己正处于危险之中。

找了半天，我还是没找到她的真身到底在哪儿。

时间所剩无几，我明显感觉到地铁的速度已经开始变慢。

我握着竹刀，下蹲，跃起刺向了车顶，只听到一声尖叫，整趟列车亮起红光又突然消失。原来有一只胆大的妖灵覆盖了整辆地铁，我伤了它之后，地铁终于恢复了正常。

那个姑娘就在我隔壁车厢。

我赶紧跑到那姑娘旁边，这时地铁到站，站台上的两个黑衣男子完全抬起了头，蓝色瞳孔飘动着火焰，车门刚开一个缝，两人就化作两道蓝光冲了进来。

其中一个将我撞翻在地，另一个向那姑娘冲过去。

那姑娘显然看不见，只是像看傻瓜似的看我突然站在她面前，又突然摔倒在地。我握着刀贴着地面横扫，黑衣人脚被割伤，"扑通"一声跪倒在地，我赶紧踩其背朝另一个黑衣人冲去。

谁料，那姑娘依旧端坐在凳子上，张着嘴，那个黑衣人站在她面前动弹不得，逐渐碎成蓝色光点被那姑娘吸入口中。

我看呆了。

身后被我割伤脚的黑衣人见状要逃，那姑娘从座位上弹起，像蜘蛛侠一样在车顶攀爬了几下追上了他。随后他也被吸到了那姑娘肚子里。

我捂着伤口尴尬地看着她："你也是妖灵。"

那姑娘把坛子扔还给我："拿着你的破烂东西赶紧走吧。"

我闭上眼睛，然后重新睁开，这才看到了地铁原来的面貌。

整趟地铁没有什么人，只有一对双胞胎的尸体躺在地板上。

"原来这一切都是幻觉，你才是盘踞在地铁线上吸食人灵魂的妖灵。"我说。

"你走吧，你打不过我的。"那姑娘回道。

"不行，你刚才害死了两个人，我不能放你走，我要杀了你，把你的血洒在我师父墓碑前。"

"小师父，你师父不是我们杀的，我知道你不相信。"那姑娘皱着眉头，突然变成了两丈高的灰色半透明妖灵状态。

我认识她，她也是被我师父收留的妖灵之一，我和她从小一起长大；师父病危时，也是她提议让我去山崖旁采药的。

结果我采药回来后发现师父被害死了。就是她害死了我的师父，所以她的样子，我会死死地记一辈子。

　　我握着竹刀逼近她，她又化成小姑娘的样子慢慢后退："小师父，你要相信我，那天的确是我提议你去采药的，但是我怕山崖的那株药被野兽啃没了你会空手而归，所以我就去采另一株草药去了。谁知我回来时，师父就已经死了，而且陪在师父身边的那些妖灵兄弟姐妹也都被杀死了。我还看到，山下那家伏妖师的手下们正在收集妖灵兄妹们的尸骸，是他们害死了师父，害死了那些妖灵兄妹。因为只要师父死了，就没人保护我们这些弱小的妖灵了，他们就可以随意斩杀我们用于修炼，用于卖钱。不过他们不知道小师父你的存在，我怕你也遭遇危险就打算不告诉你这件事，所以我才让警察把你拘留半个月，我就是想自己去报仇。而且刚才那两个黑衣人就是伏妖师，不是幻觉。"

　　"自己报仇，谁信？凭你自己，你能杀得了伏妖师？如果那两个真的是伏妖师的话，怎么会轻易地让你吸掉？"

　　"我不知道啊，可能他俩功力比较弱。"

　　"哼，你们妖灵就是狡猾，上次被你骗过一次，这次我不会再被你骗了。"

　　我握着竹刀向前刺去，她闪躲得非常灵活，我根本伤不了她。我边追边喊："你不是挺喜欢吸人的吗，你过来吸我啊。"

　　她快速地在车厢里腾闪挪移，围着我跳来跳去："小师父，你要相信我，我说的都是真的，你看你连我都杀不了，我怎么忍心喊你和我一块报仇。"

　　"你嘲讽我？"

　　"不，不是的。"

　　我咬紧牙关，这时，她突然从车顶摔了下来，跪在地板上，动弹不得。

"怎么回事，我怎么动不了了，小师父，救我，我被陷害了。"

"苦肉计在我这里不管用。"

我抓住机会，握直竹刀向前奔去。竹刀刺入了她的心脏，一瞬间，我感觉全身一股极其舒服的暖流穿过，身体更轻盈，握着竹刀的胳膊更加有力。

而她，却像一个泄了气的皮球一样，瘫倒在了地上。

"为什么书上要把人说得那么好，把妖灵说得那么邪恶。"她还剩下最后一口气，躺在地板上，双眼无神地看着天花板。

"因为你们就是很邪恶啊。"我说。

她艰难地摇摇头，用尽最后一丝力气支吾地说道："不，我觉得人类才是，你看，我们从小一起长大，但你刚才杀我的时候，丝毫没有手软，小师父，再会了。"

说完，她的尸体就慢慢变成了半透明的状态。

这时，有两道蓝色碎光从她的嘴里飞出，飞回到了那两具双胞胎"尸体"上。

瞬间，两个黑衣人重新站了起来，眼睛依旧是湛蓝色，只不过嘴角挂着的是阴谋得逞后的诡笑。

原来，这两个人真的是伏妖人。

原来，这两个伏妖人是故意让自己的灵气被吸入那个小姑娘体内。

其一，是为了从内部控制住小姑娘。

其二，是骗我，诱导我亲手杀了她。

我懂了，可是也晚了，我真是个愚蠢的徒弟，我应该相信师父，相信和自己从小生活到大的伙伴，可我亲手杀了自己的伙伴，我不配做伏妖人，不，我甚至连人都不配做。

"怎么样，小伙子，刚才杀妖灵后感觉很舒服吧？这就是杀完妖灵，修炼升级的感觉。"

两个黑衣人走过来拿走了我的竹刀拍拍我的肩膀："别学你师父，他冥顽不化，不听劝，放着满山的妖灵不杀竟然都养着，妨碍我们修炼。"

黑衣人把竹刀移到我的心脏旁边继续说道："你加入我们吧，虽然你不是个好人，但你是个好的伏妖人，我刚才看你杀妖灵时一点都不心软。"

竹刀已经刺破了我的外衣，如果我现在说 no，我会和师父妖灵朋友们团聚，但是就再也没机会为他们报仇了。

如果我说了 yes，我的良心就会不安，毕竟就刚才，我杀掉了自己的伙伴。牺牲自己伙伴提升自己的实力然后再去杀她其他的同类，简直是禽兽，不如去死，一了百了。

"好吧，我同意加入你们。"

我还在思考时，我的嘴巴竟然不受控制自己说话了。

我还在诧异时，我的脑海中竟然出现了熟悉的声音："嗨，是我，借你身体躲一下没关系吧，君子报仇十年不晚，先保住性命再说，我可不想再被捅心脏了，好疼的。"

太好了，她还没死，我刚才只是弄死了她的肉身。

果然，眼前的黑衣人听后，终于把竹刀从我胸前移走了。

我松了一口气，两个黑衣人突然眼睛一闪，竹刀再次顶住了我的肚子，然后把我的手放到了竹刀上："既然同意了加入我们，那就从现在开始杀妖灵吧。"

"什么意思？"

黑衣人冷笑着说："她嫌心脏太痛了，那这次咱们就从肚子这开刀吧。"

被发现了吗……

第二天，电视上报道了这样一则新闻："昨夜凌晨，一对情侣在地铁里发生争执，男子先是拿竹制小刀捅进了女方心脏，后又捅进了自己心脏自杀，监控显示现场有一对目击证人，全程坐在座位上，未上前制止，警方目前还未找到这两人……"

一个宅男突然出现在电视机后面，指着电视惊恐地喊道："电，电视怎么自己打开了，还，还自动换台，天哪，闹鬼了！"说着，他就端着泡面逃离了客厅，回到自己卧室关上门，打算把这件事发布到论坛上。谁知卧室里的电脑键盘和鼠标竟然也自己动了起来，宅男大喊一声："这里也有鬼"，随即就晕了过去。

电脑屏幕上不断输入着文字："新闻上说的都是假的，那两个黑衣人才是凶手，信不信随你们，你们又不是受害者，等我们俩把那两个黑衣人绳之以法之后，我再回到论坛里更新，不要再问我到底是人是鬼还是妖了，这都不重要。"

清醒梦

#

天桥上，一个啃着甘蔗的乞丐叫住了我："年轻人，你渴望成功吗？"

我望向他，这个人五十岁左右，灰白的头发和胡子长在了一起，然而这依旧不影响他优雅地把甘蔗渣整齐地吐到旁边。

十分钟前，我把兜里的几个硬币投进了他面前的破碗里，没想到十分钟后，他突然来了这么一句。

对于这种画风清奇的乞丐，我当然是选择无视他，电影看多了的人才会相信他怀里藏着一本盖世秘籍。

我只是有点好奇，现在时间是凌晨一点，这里连只野猫都没有，他待在这里做什么。

"这么晚了，为什么不回家？"

没想到是这个乞丐先问了我，但我高冷，没理他，准备离开这里。

但那个乞丐叫住了我："年轻人，深夜相见咱俩有缘，我就把我成功的秘诀告诉你吧，你别这么忧伤了。"

谁跟你有缘了啊，我甚至理都没理你好吧，我只是深夜加班结束后又恰巧接到通知自己被辞退，然后又恰巧被通知积蓄作为项目赔偿暂时被银行冻结，后来又恰巧得知今天是交房租的日子，房东已经贴心地把我的小铁床从公寓搬到了小区花园。这些小事情，我还能承受得住，再不济，也没落魄到需要让一个乞丐教我成功秘籍吧。

"你以为我是神经病吗？"乞丐问我。

"不然呢，谁大半夜地在天桥上啃甘蔗。"

"我这不是普通的甘蔗。"

"超市里卖8块钱一斤，你这甘蔗都烂了，8块钱都卖不到。"

"年轻人，话不能这么讲，虽然这甘蔗和我一样，从外表上看，确实不属于精品，但咱不能仅从外表来全盘否定一个东西呀，对吧？"

"你说的都对，你真棒，你那烂了的甘蔗不仅可以吃，还可以变成金箍棒，行了吧？为你鼓鼓掌，我要走了，你自己在这里继续啃吧。"

我实在是怀疑自己的脑袋是不是不清醒，这个时候还不想着去找个旅馆凑合一晚，竟然和一个神经病乞丐聊上了。

我摇摇头走开，下楼梯时，我突然感觉后脑勺被棍状物敲了一下。

失去意识前，我看到那个乞丐得意地抚摸他的甘蔗说："甘蔗腐烂后，硬度弱一点，力度刚好可以把人打晕，但又不伤到人。等你醒过来后，会感激我的。"

等我醒来后，我躺在乞丐搭在天桥上的塑料棚子里。

兜里的手机和钱包都不见了，钱包里面有我全部家当——120块钱。

可恶的乞丐，别再让我碰到你。

此时天微微亮，路上还没有什么人，我得赶紧离开这里，绝不能让之前的同事碰见。

我起身时，发现那个无耻的乞丐竟然还把凶器留在了现场，那半根发烂的甘蔗整齐地摆在破碗旁边。可恶，无耻！别再让我遇到你。

#

我回到住的地方。

通过铁栅栏发现自己引以为傲的欧式单人沙发平整地躺在小区后花园里，我经常喂的流浪猫惬意地躺在上面，不过看起来比之前肥了很多。

亲爱的小沙发，我这就把你接回家。

但新来的保安把我拦住了。

"快递塞柜里，外卖放我这里，我们物业很严格，外人一律不得入内。"

"我住在这里啊。"

"哦，不好意思，那你刷门禁卡吧。"

我白了他一眼，从兜里掏出门禁卡一刷，但电磁门丝毫反应没有。

"快递塞柜里，外卖放我这里，我们物业很严格，不要以为我是新来的就好骗。"

"我说了我住在这里，只是房租还没交而已，我叫余心，住3B栋14A，你翻翻住户资料，肯定有我。"

这个保安刚要回去查电脑，结果嘿嘿一笑，又返回来了："一年前3B栋就出事故烧穿了，大骗子，你是不是看上后花园那只猫了，我告诉你，想都不要想，那是我喂胖的……"

我没有理这个话痨保安，转身望向那栋房子，果然，之前没注意，现在才发现，3B栋，里外漆黑一片，被大火烧穿了，完全住不了人。

火灾发生在一年前？

绝对不可能，但是我到处找地方求证，得到的时间都是一年后。

难道我在天桥上睡了一年，而且还没有感冒！

这种事情太匪夷所思了，我竟然穿越到了一年后。

我不敢相信这是真的，我安慰自己一定是昨晚被乞丐敲一棍子敲傻掉了。

来这座城市这么久，除了自己这个已经被大火烧掉的出租屋，能去的地方只有公司了，虽然被开掉了，但是现在过去看一下，应该没什么问题吧？

抱着忐忑的心，我来到了之前工作的写字楼。所幸的是，时间过去一年了，虽然公司扩张了近一倍，但公司总部还在原来的地方。

我蹑手蹑脚地来到公司门口。

公司门口的打卡机没有更新，我想，如果真的是穿越的话，一年了，公司早就把我的指纹从指纹库中移除了；但如果这一切不是真的，时间只是过去了一天，我的指纹现在应该还有用。

我悄悄地来到打卡处。

"已签到。"

这声音真悦耳，我就说我没穿越嘛，那个保安装神弄鬼。

但是打卡机上的时间确实显示的是一年后。

就在这时，电子门打开了，两个漂亮的前台姑娘直勾勾地盯着我。

这种眼神，我大概读懂了其中的意思，因为我昨天被开除时，曾假装得意地倚靠前台边填表边表示，这种烂公司我绝不会再接近半步。不到半个月，公司肯定会返聘我，但我清高，我不会来。

现在被这两个人抓了个正着。我在想是选择快速开溜，还是先说声"早上好"打破尴尬，然后再快速开溜。

"余总早上好。"

两位姑娘向我热情地打了招呼。我是不是听错了，她俩叫我"余总？"

我望向身后，身后没人，我确定这两人是在叫我，难道是恶作剧？

"余总，是在叫我？"我歪头试探性地问了一句。

"哦，不好意思，余老大，你喜欢这种称呼。"两个姑娘傻笑了一下。

这个时候，我才注意到，她俩身后的墙壁上，历届总裁的照片多了一个我。

我的照片在最后面，说明我是新上任的总裁。

我惊讶得讲不出话。

这一年里，我从一个被开除了的实习生，变成了公司的总裁。但由于一年前被那个奇怪的乞丐敲中了脑袋，所以我失去了这一年的记忆。

虽然不能相信，但我还是欣然接受了这个事实。

来到自己的办公室之后，我发现我不仅升了职，而且还有了属于自己的房子，我做梦都不敢想的事情，竟然真的实现了。

我盯着桌上的文件，内心非常激动。

这时，房间的门被推开，一个身穿保洁服的老头拿着扫把走了进来。

是保洁大叔，我低头继续看文件。

结果那个大叔很不见外地坐在了我面前的座位上。

我抬头，发现这大叔确实是眼熟，我想起来了，是那个乞丐！

"哇，你竟然还敢在我面前出现，虽然过去一年了，但我还记得你，想不到吧，但是没关系，本 CEO 比较大度，原谅你了。"

这个乞丐熟练地从旁边的垃圾袋里掏出了一根甘蔗："我留给你这根甘蔗不是让你记仇的，你有没有想过，一年过去了，为什么这根烂甘蔗还完好无损，这是我给你留下的 bug 啊。但你还是太笨了，被喜悦冲昏了头脑，都不会思考了。"

他说得有道理，我仔细思考了一下今天发生的事情。

如果是穿越，但这也太不现实了，还有怎么解释大楼着火、自己升职的事情呢。

但我还是对乞丐有些不信任："你别想再套路我了，我不想想这些事情，我觉得现在挺好的，你赶快走吧。"

"你难道不想知道公司董事长是谁吗？"乞丐盯着我。

我不可置信地看着他："难道你是董事长？"

"不是啊，我是乞丐啊。"

"那你废什么话？"

"一分钟前我不是，但我现在是了。"

我盯着他，他气定神闲地坐在凳子上，扫把依旧紧紧地握在手里，特别像一个神经病。

这时，一位全身职业装的姑娘抱着一堆资料走进了办公室，我认识她，是总裁秘书，也就是说，现在她是我秘书。

她把那堆资料放到了我的办公桌上，对这个乞丐说："董事长，这是全公司的员工资料，我放这儿了啊。"

我被惊得目瞪口呆。

乞丐把脑袋凑过来，悄悄地对我说："我现在又不喜欢当董事长了。"

话音刚落。

就看见秘书换了一副嘴脸冲着乞丐喊道："保洁员，不是告诉你下班后再打扫总裁办公室吗！"

"美女，我和你们总裁有话说。"

我看呆了，反应过来后，就把秘书支了出去。

现在办公室里，只有我和他两个人了。

"这究竟是怎么一回事，难道所有人都在演戏骗我吗？"我问。

"我告诉你实话，你千万要扛住。"

"嗯，我受得了，只要不是告诉我是在做梦就行了。"

"事实是，你现在在我的梦里。"乞丐嘿嘿地笑了一下。

紧接着眼前一道闪光。

眼前的景象被扭成了一团，强光刺痛了我的眼睛，等我再次睁开眼睛时，我又回到了那个天桥。

乞丐依旧啃着那根烂了的甘蔗，抖着腿。我掏出手机，发现时间是夜里凌晨一点半，时间刚过半小时。

脑袋清醒过来后，我赶紧跑到乞丐面前："刚才是怎么一回事？"

"年轻人，现在渴望成功了？"

"渴望，非常渴望，刚才是怎么一回事？"

乞丐把嘴里的甘蔗吐到一边，娓娓道来。

"你知道这个世界上有款游戏叫'我的世界'吗？"

"听说过，怎么了？"

"这款游戏的精髓在于，玩家在家制作出属于自己的世界，也可以上传服务器，分享给其他人，其实，现实世界中，也有类似的东西存在。"

"是什么？"

"清醒梦。在自己的清醒梦里，自己就是上帝，想做什么就做什么。你刚才就在我的清醒梦里，厉害吧。"

我摸了摸后脑勺，隐隐作痛，刚才的记忆十分逼真，要不是此刻站在天桥上，我真的会以为那些梦境都是真实发生的事情。

有点意思。

"厉不厉害？想不想学？"乞丐问道。

"我……"

"其实没什么的。"乞丐笑着说，"如果你在现实中屡屡不顺，为什么不给自己打造一个完美的梦中世界呢？你可以在梦里做个成功人士，更重要的是，清醒梦所有反馈的感觉都非常真实，只要时间久了之后，你忘掉你在做梦的这个事实，那基本上就是一个真正的人生赢家了，没什么两样。"

"可，我们素不相识，你干吗要教我？"我不解地问他。

"那要感谢你刚才施舍的十块钱了，够我活好几天的呢，这样我在自己的清醒梦里，可以多做好多年的人生赢家。"

人生就是这样，出人意料，如果这种事情给你选择，你会怎么做？一边是真实的惨淡人生，另一边是虚拟的人生巅峰，我想是个人，都会尝试一下后者吧。

其实我本来是想在这里自杀的。

但天桥上这个乞丐一直赖着不走，我以为他没讨到钱没办法回去，我就向他扔了十块钱，想让他赶快离开。没想到这么一个不经心的举动，能引起这么多连锁反应。

"好啊，教我啊。"

乞丐一愣："没想到你这么快就答应了，不过今天有点晚了，你那啥，明天早点来这里找我，我教你，保证你以后平步青云。"

我找了个旅馆凑合了一晚上，结果第二天晚上过去时，出现了意外。

那个乞丐死了，饿死的，听旁边的环卫工说已经被市政的拉走了。

我挠了挠头，不知所措，明明昨天这个乞丐还好好的啊。

怎么会这样？我走在安静的天桥上，思考着。

如果不借助清醒梦，我是不是永远是个 loser。

#

一年后，我果然成功升职做了公司的 CEO。

短短一年内，我奇迹般地从一个被开除的实习生，变成了公司 CEO。

速度太快，我竟然不相信这是真的。但是那个乞丐已经死了。

那天，我住的那栋楼突然意外着火，整栋 3B 栋被烧穿，里外焦黑一片。

我突然想起乞丐说的那句话："清醒梦是可以分享给其他人的。"

今天，距离遇见乞丐刚好一年，如果我现在是在梦里的话，应该会重新遇到那个乞丐。

我坐在总裁办公室里，紧张地盯着手表。

到了下午。

有人敲门。

"谁啊？"

"打扫卫生。"

熟悉的声音从门外传来，我甚至都能听得出甘蔗渣在他嘴里咀嚼的声音。

④

科技城
[CHAPTER FOUR]

　　如果你正在读这句话，你已经昏迷快20年了。我们现在正在尝试新的治疗方案。我们不知道这段信息会出现在你梦境的何处，但是我们真心希望你可以看到。请你赶快醒来好吗？

我被绑架了

说出来你可能不信，我被绑架了。

睁开眼睛，我发现自己被绑在一间发霉的房间里，四周没有窗户，没有通风管道，只有一个被上了锁的木门。

好吧，现在我要想办法如何安全逃脱了。

我打量了一下四周。

绑匪可能就在门外，这间不到四平方米的房子，应该是绑匪专门隔断，用来安放人质的地方。

过了一会儿，房间门被打开，绑匪露面，这是一个戴着眼镜的年轻人，二十多岁的样子。透过打开的木门朝外看，我看到门外的布局和普通家庭的装修差不多，但是有点发霉，所以我可以肯定，自己是被绑在城市里的某个小区里，而且这个小区不通风。

绑匪慢慢走到我面前："给你家人打电话，要点钱花花，别说绑架，我不想把事情闹得太大，多少钱都行，钱到了就放你走，乖。"

他自己掏出一部手机，然后又从我兜里掏出我的手机，翻开通讯录问我："打给你爸，还是你妈？"

"不要打给我爸妈，他们没什么钱，打给我弟弟吧，他是机长。"

"好。"

我弟弟当然不是飞行员，他只是一个普通大学生。

但他的脑袋很灵光，我们俩合作说不定可以获救。

电话接通，绑匪点开了扩音。

"喂，谁？"

"弟，我是你哥，你先别说话，我有件急事找你。"

"什么事，说。"

"我又来找你要钱了，再帮哥一次，这次欠的有点多，帮我送过来 75000 好吗？"

对方沉默了一秒，我听到他手指离开键盘的声音，然后电话那头传来严肃的声音："你怎么了又？"

"手痒，又去赌了一次，哥保证下次不会了。对了，你不是机长吗，开几次航班 75000 就赚回来了。"

"我飞一次航班才 7500，你知不知道？"

"嗯，没错，我知道，下次不会了。"

"好了，我知道了。我的天，我积蓄都被你榨干净了，我要去找我老婆本了，你等会儿把地址发给我，先挂了啊。"

"干得不错，你很听话，我很高兴。"绑匪挂掉电话后，笑着对我说。

我不得不听话，我不知道这个戴着眼镜的绑匪心里到底在想什么。

往往表面很平静的人的内心会非常邪恶。

我不敢肯定这个绑匪拿到钱后会真的放我出去。

而且我刚才意识到了一个严重的问题。

我一直以为我闻到的气味是房间发霉的味道，现在才反应过来，这种味道很有可能是血腥味儿，我并不是唯一的受害者。

所以我要想办法报警，并且争取时间。

我和弟弟上周末待在一起，看了一部恐怖电影——《7500 航班》。

讲述的是一群明星在飞机上遇鬼，然后接二连三死亡的故事。

这部电影是我们俩最近的一次共同记忆，刚才的通话，我不断重复着"航班""75000"这两个信息，唤醒他的这段记忆，并告诉他一个重要的信息：我有生命危险。

我很确定他已经听懂了我的暗语。

因为电话挂断前，我们的对话是：

"我飞一次航班才 7500，你知不知道？"

"嗯，没错，我知道，下次不会了。"

他在向我确认自己接收到的隐藏消息。接下来要做的事情，除了安静地等警察来，还要做一件事情，就是让绑匪知道我还有利用的价值，不要急着把我杀掉。

我大脑不断转动。

这时绑匪突然走到我跟前，直勾勾地瞅着我："原来，你不仅喜欢赌博，是不是也喜欢看电影啊？"

空气诡异的安静。

面前这个绑匪应该没我想象中的那么笨，他应该是听出来了我们对话中的猫腻。

我惊出了一身冷汗。

"不过不用为我担心，我手机装了防定位软件，警察是找不到这个地方的。"

随后绑匪大笑起来，然后走出小房间。

他再次回来时，手里又多出了一部摄像机。

绑匪一进来就打开摄像机冲我录像："这位先生，你弟弟问你还活着吗？"

我知道他在干什么。

收赎金时，我弟弟要确认我还活着，绑匪会把这段视频给他看。

当然，在这之前，他要先把我杀掉。

"你不是想要钱吗，为什么还要杀我？"

绑匪把摄像机放到一边，低头对我说："你现在在我家，我怎么高兴怎么来。"

他掏出手机，给我弟打电话。

"钱准备好了没有？"

"你是谁，我哥呢？"

"你哥还活得好好的，如果还拿不到钱，就说不定了。"

"冷静，大哥，咱不是要钱吗，没必要害人啊，你告诉我位置，我马上把钱送过去，你把我哥带过来，我保证不报警，咱和平解决。"

"不不不，你可以报警，我喜欢挑战，没关系，你先带着钱去中武河大桥那等我。"

绑匪挂掉电话，又走到我跟前对我说："我绑架不只是为了钱，不然我也不会只要这么点赎金。"

"我明白，你把这一切都当作游戏。"我说。

"是啊，但我从来没输过。"绑匪搓了搓鼻子，从柜子里掏出一个塑料袋，里面是一只已经上了膛的手枪。

他用枪指着我，问："害怕吗？"

"害怕。"

"告诉我一个现在不杀你的理由。"

"有，你赎金要的这么低，恰好证明你很需要这笔钱，你需要钱装修这里，换把新枪。你之所以没有要更多的钱，是因为你了解我们只能拿得出这么多钱，要的太多反而可能一分都拿不到。"

绑匪没有说话，对我轻轻地点了点头。

"给我弟弟打电话，我把保险箱密码告诉他，里面有他的老婆本。"

绑匪把头转向我："你锁人家老婆本干什么？"

我说："长兄为父，我这是为了防止他乱花钱。"

绑匪拨通了电话。

我说："弟，是不是找不到存折了？你老婆本被我锁在了保险箱里。"

弟："你凭啥锁我钱，快告诉我密码。"

我对电话那头说："别急，让我想一下，这小区太闷了。"

绑匪紧紧盯着我，低声说："快点，你的命，他的钱。"

十几秒钟之后，我对着电话讲："你仔细听好了。"间隔了三秒钟，我继续说："密码是775677，听到了吗。"

我弟弟迟疑了一会儿说："是不是已经结束了？我听到了。"

"好，那快去取钱吧，车钥匙在我房间抽屉里。"

绑匪挂掉电话，低头说："你们兄弟俩很聪明啊。"

"那也没你聪明，你的电话都安装了全球最顶尖的反定位系统，警察都找不过来，我又怎么敢挑战你？我就想花钱买个平安，只要人活着，这点钱不算什么。"

这时，绑匪手机响了一下。

是我弟发过来的一张图片，十万现金的照片。

劫匪点了点头说："你们俩很识相，不过我的信条不能变，你还是不能从这里活着出去，不过我会把你的尸首交给你弟弟，算良心了。"

劫匪重新举起了枪。

"等一下。"

"还有什么遗言要给你弟弟吗？"

"你要杀了我，没问题，可你就这么相信我弟弟吗？万一杀了我之后，没拿到钱，这两天的功夫不就白费了，我建议你收完钱后，再撕票，我别无二话。我只求你去拿钱的时候，不要伤害我弟弟，我就这点遗愿。"

"可我不喜欢留后路。"

"反正我也逃不掉，我想也没有人从这里逃脱过吧，我就想活一会儿，知道我弟安全就好了。"

绑匪听后得意地举起手，指着周围的墙壁："你说得没错，我设计的房间，非常完美，没人能逃脱掉。"

他突然朝我开了枪，我的小腿立刻多了一个窟窿。

"以防后患。"绑匪笑着说。

"谢谢，谢谢。"我虚弱地说。

"不用谢，等我取完钱回来后，再向你脑袋上补一枪。"

说完，他就揣着相机、手枪离开了。

"小心楼梯。"我向他喊道。

"多谢关心。"

绑匪离开了。

一小时后，警察破墙而入，把我救了出去。

救护车上，弟弟激动地朝我击了个掌："完美配合，我的亲哥，你没事就好。"

救护车驶向附近的医院，车厢里除了几个医生护士，还有个警察向我们询问情况：

"我们的技术人员还在破解绑匪的软件，你弟弟就跑过来说可以确认你的位置了，这究竟是怎么做到的，我们很想知道。"

我说："我和弟弟的最后一通电话，信息非常多。第一，这个小区太闷了，传递了一个信息，我是被关在一个小区里，而且这个小区很闷；第二，我家没有保险箱，那串密码也没有什么意义，重要的是那句'你仔细听好了'之后安静的那几秒钟，我弟弟会听见我这边传来了火车经过的声音。

"我早就注意到了，我被绑架的地方，每过一段时间就有火车经过。所以我才会算好时间让绑匪给我弟弟打电话。我弟弟很聪明，他立刻明白了我的意思，并且巧妙地给了我答复。所以，我被绑架的位置就锁定在了本市靠近铁路的小区，范围缩小到了几个小区。

"结合小区很闷这个特点，只有一个小区符合。

"那就是临山的一个老小区，握手楼。因为握手楼楼间距非常近，两栋楼的住户都可以从窗户伸出手来握手，所以叫'握手楼'，这样的小区的通病就是空气不流通，发闷、发霉，这样范围就缩小至一个小区了。"

警察点了点头又问："可那个小区有几百户，范围也非常大，你弟弟又是怎么确认你的具体位置的。"

"说到这，我必须要自我介绍一下了，我是本市大学软件专业学生。"我弟弟说话了。

"你破解了绑匪的反定位软件？"警察问。

"我才没那么傻呢。"弟弟看警察的脸色有点难看，就尴尬地咳嗽了一下继续说道，"虽然软件破解不了，但给他手机安一个嵌入式病毒还是可以的。我发他的那个图片，里面嵌入了一个可以随意调控对方麦克风的病毒，这样，他的手机就变成我的监听器。最后我哥的那一句'注意楼梯'并不是说给绑匪听的，而是提醒我，绑匪出门了，这样我就可以根据分析下楼梯的脚步声和转弯的次数，来判断我哥所在的层数。这样，范围就确认到只剩一层楼不到十户人家了。"

"厉害，你们兄弟俩果然有默契。"警察冲我们竖了个大拇指。

"对了，绑匪抓到了吗？"我问。

"没，他没去中武河大桥，不过我们会派人在他家看守，争取把他捉拿归案。"

他会去哪里呢？不管了，总之，现在我和弟弟都安全。

突然，救护车发出剧烈振动，然后就停下不动了。

这时，警察接到医院打来的电话："医院里的一辆救护车被偷了。"

难道……

弟弟随警察下车去车头驾驶位，发现里面空无一人，座位上有人留下了一张字条。

"我承认你们很厉害，不过这场游戏你们没有赢，下次有机会我们再交手吧。"

这是绑匪留下的字条，我们发现，救护车稳稳地停在了悬崖边上。

99 层大厦

这幢大厦有 99 层楼高，大厦落成时，其中一个建筑工人偶然间发现顶楼的楼道水泥墙上被刻上了一段奇怪的话："试着不坐电梯从一楼爬到这里，我会满足你一个愿望。"

对于一些极限运动员来说，90 层楼并不高，对于在大厦里上班的普通人来说，没人会浪费时间去实践这么无聊的谣言。

但我不一样，我的女朋友小兰一个月前在这栋大厦里失踪了。

警察调取了监控，只在一楼大厅看到了小兰的身影，彼时她正朝着楼梯方向走去。但奇怪的是，大厅的监控明明拍到了小兰推开了楼梯的通道门，而同一时间，楼梯内部的监控却什么都没拍到，甚至门都没有动一下，似乎大厅和楼道处于两个不同的时空。

对我来说，小兰是最重要的人。两年前，我从医院醒来，第一眼看到的就是她，她说她是我女朋友。我出车祸昏迷了半年，并失去了所有记忆，而且我还是个孤儿，所以，她就变成了我唯一可以信任依靠的人。在医院做恢复治疗的一个月，她对我进行了无微不至的照顾，我也渐渐地重新爱上了这个美丽漂亮的女人。

不过好景不长，我出院搬到她家里之后，她的行为举止就变得很奇怪，每天疑神疑鬼，回到家后就马上把窗户和大门锁死。我问她到底在怕些什么，她就摇摇头，不说话。

她失踪的前一天晚上，她叫醒熟睡中的我。黑暗中，我听到她用颤抖的声音对我说："如果我不见了，就去我工作的地方找我，一定能找得到。"

她工作的地方就是这个 99 层大厦，她最后消失的地点也是这里。

所以我不得不把希望寄托在那个看起来不是很靠谱的传言上：从一楼爬楼梯爬到楼顶，会有人满足我一个愿望。如果这个传言是真的话，我的愿望就是女朋友小兰能够平安地回到我身边。

当我走进这个大厦时，我这才发现，这里非比寻常。

从一楼大厅朝角落里的消防楼梯口望去，感觉就像是两个世界，楼梯口上方的绿色"安全出口"牌子，以极快的频率闪烁。楼梯像极了童话书里才会出现的暗黑城堡，充满了诡异气氛。

穿过大厅，推开沉重的黑色安全门，我来到了这个阴森的楼梯通道。

前面几层都很正常，有几个上班族，他们在低楼层的公司上班。他们不想挤电梯，就穿着西装，提着公文包跟在后面。到了四楼，身后就基本没人了。

但有一个十几岁的小姑娘一直跟在我身后，跟了十层。

我试着叫了一下她："你去几楼啊？"

"有出口的地方。"对方这样回答。

有出口的地方？好奇怪的回答，这里每一层都有出口到达相应的楼层啊。

没等我再继续问，对方又说话了："你现在应该在十楼的位置吧，离 99 楼还远呢，不如和我一起抄近道。"

"抄近道？楼梯有什么近道？难不成是坐电梯。"我问。

"不是电梯，是捷径。"

她推开门，我透过门看到十层像是一个废弃的楼层，地板破破烂烂，天花板也垂了下来。

"到达 99 楼的捷径，就在这里。"

"相信我，我和你一样，我不是坏人。"小姑娘的眼神很真诚。

我站在门口犹豫不决，思考再三，我拒绝了她，我并不是怀疑她，而是我担心走捷径后，那个传说就不会兑现。

我走时看到了那个小姑娘绝望的眼神。我不明白，这有什么好绝望的。

但我刚爬到十一楼，就听到那个小姑娘痛苦的叫喊声。

我赶紧返回到十楼，看到的却是很可怕的画面。

小姑娘不见了，但她所在的位置出现了一道三十厘米宽的血痕，这道血痕一直延伸到走廊尽头的一间办公室里。

这么短的时间，怎么会……

我立刻追了过去，然而不管我怎么用力，始终打不开那扇门，把耳朵贴在门上，也听不到里面有一丝声音。

就在这时，我发现这层楼的走廊尽头的墙上竟然也刻着一些奇怪的字："这个门，要两个人才能进去，这里是通往顶楼的捷径。"

原来不只 99 楼有刻字，如果真的是这样的话，刚才那个姑娘为什么不直接和我说清楚，还有这一地的血迹又是怎么回事？

难道这里每一层都有任务？女朋友小兰就是做任务的途中消失不见的？像刚才那个小姑娘一样？

我越想越觉得害怕。我突然有一种感觉，我已经不在这栋大厦里了，当我推开楼梯门那一刻，我就进入了这个奇怪的楼梯空间，如果警察去查监控，可能会遇到和小兰相同的结果：大厅里的监控拍到我和那些上班族一起进楼梯，但楼梯里的监控只能拍到那些上班族，我则凭空消失不见。

为了证实我的这个猜想，我又从十楼返回到一楼，果然不出所料，一楼的出口不见了。楼梯尽头就是冰冷的三面墙。

但是我有了意外的发现，这里的墙面上也刻着一句话："谁说人生只有前进没有后退，如果你途中返回到了这里，你的人生就可以后退。"

什么意思？什么叫我的人生可以后退，后退到哪里？

一楼没有出口，我只好沿着这诡异的楼梯继续向上走去。

接下来几层，我都没有发现任何刻字，到了四五层时，我突然发现身后又出现了紧跟着我的人影，像刚才一样。

我终于明白一楼的刻字是什么意思了：楼梯就是一个进度条，我就是拖动这个进度条的鼠标，我到达相应的地方，就会触发相对的事件。

我爬到十楼，果然，那个小姑娘又重新出现，地上的血迹也不见了。

这次，我选择和她一起过去，虽然我不知道里面到底有没有危险，但我实在是不忍心再听一次她那绝望的叫喊声。

我问小姑娘："你被困在这里多久了？"

小姑娘淡淡地说："一周了。"

"一周？这么久，这里到底是什么地方？"

小姑娘摇摇头："不知道，我现在就想到达99楼，许愿逃出去，对了，你是怎么进来的？"

"我女朋友在这里失踪了，我进来找她。"

"哦。"小姑娘若有所思地点了点头，然后对我说，"我是因为我弟弟在这里失踪了。"

经历有点相似啊。

我问她："你是不是也失忆过？"

小姑娘很震惊地看着我："是啊，我弟弟说我出了车祸，失忆了，什么都不记得了。"

我感到不妙，问她："你不是说你困在这里一周了吗，有没有走到99楼？"

"没有 99 楼。"小姑娘低着头，说，"这里只有 50 层。我在 50 层转了一天都没有继续往上走的方法。"

"莫非 99 层不是说楼层数，而是特指的地方？"我小声嘀咕。

"我也是这么认为的。"小女孩继续说，"十楼这个捷径，可能是真的。"

我认同地点了点头，但我还是对十楼这个房间心生胆怯，为什么会有必须两个人才能进去的奇怪规则，这会不会是个陷阱？

我和小姑娘走到十楼的走廊尽头，小姑娘转过头来对我说："如果遇到什么危险，你先跑，不用管我。"

我没说话。

我们在那扇门口站定了，几秒钟后，我见到了这辈子最令我震撼的画面。

里面是一个十分空旷的空间，看不到尽头，一片白色，就像是还没来得及渲染的游戏地图。

我们进门后，发现在右手边，有无数个玻璃柜。每个玻璃柜里都塞进了一对男女，他们整整齐齐地躺在那里，不知死活。

我和小姑娘震惊得说不出话，就一直沿着玻璃柜走，但奇怪的是，有些玻璃柜里只有一个人，还有几个柜子里面是空的。

我们走到玻璃柜尽头，发现最末尾，刚好有一个空的玻璃柜。

就在我们犹豫的时候，远处突然传来一声吼叫。

我们抬头望去，一个黑点在白色背景下不断扭动着身躯朝我们这边缓缓走来。

黑点离我们越来越近，轮廓清晰可见，是一个长满触手的黑色圆球状的怪物，怪物的嘴里还叼着一只人类的鞋，鞋带里还在往地板上滴血。

那怪物朝我们走来时，自己的几个触角一直贴在经过的玻璃柜上，但对里面躺着的人视而不见。

就在这时，我们身边的玻璃柜的门突然弹开。

小姑娘马上钻进去，然后在里面拉着我的手："快躲进来啊。"

这个时候，我突然看见小姑娘背后的衣服上有小兰写的字："对不起，我不是你女朋友，我是你的设计师，我不忍心看你淘汰，如果你在过程中看到了打开门的玻璃柜，千万不要进去，那是陷阱——小兰"。

设计师？我没有细想，现在最紧急的事情是保住性命。

我赶紧把小姑娘从玻璃柜里拉出去，然后朝出口跑去："不能进去，进去后就永远出不来了。"

"谁告诉你的。"

"小兰，我女朋友，看你自己后背！"

"什么意思。"

"你衣服后背上印的字，是小兰写的，她给我做了提示。"

我拉着小姑娘一路狂奔，可身后的怪物像幽灵一样紧跟不舍，距离我们越来越近，黑色触手抽打地面的声音越来越清晰。

小姑娘突然挣开我的手，然后转身把我推到远处，自己则跑到了后面独自面对怪物。

当我反应过来时，已经晚了，小姑娘被怪物吞进了肚子里。

我来不及伤心，只能拼了命似的朝出口跑去，想着，如果再来一次，从一楼走到十楼，小姑娘应该会再出现的吧，我们一定要到达 99 层，我一定要找到我的女朋友。

然而，那个门消失了。

我慌了。

那个恶心的怪物扑了过来，一口咬住了我的胳膊，伴随着一阵剧烈的疼痛，我的左臂被扯了下来。

但奇怪的是，胳膊断口处并没有想象中那样鲜血直流，取而代之的是一堆蓝色碎片光点。

我也并没有感受到疼痛。

这究竟是怎么一回事。

那怪物又向我冲了过来，我豁出去了，这次我索性趁着它张开嘴的一瞬间跳进了它的嘴里。

瞬间，我被黑暗吞噬，我的身体以肉眼可见的速度碎成了蓝色光点。当眼睛也变成光点的时候，我彻底失去了知觉，我只能感觉到自己的意识正在慢慢脱离这个可怕的地方。

当我再度醒来时，小姑娘就站在我旁边。

我激动地按住小姑娘的肩膀，把她转了一圈问："你没受伤吧？"

她兴奋地跟我讲："我没事，原来怪物才是关键，看，这里就是我们一直想来的 99 层。"

真的吗？

我环顾了一下四周的场景，发现我和小姑娘站在一个圆形玻璃柜里，上面被封住，看不到有什么机器，但是我还是能看到有一根粗大的管子从我们这里延伸出去，不知通向何处。

突然，我们眼前亮起了刺眼的白光，我们正前方亮起了一块巨大的屏幕，大到填满了我们的全部视野。

屏幕被分成无数个方块，每个方块都像是电视一样播放着一些场景。

其中一半都是我从医院醒来后的全部经历，另一半则是小姑娘和一个小男孩的生活片段，像是一直有一个摄像头监视着我们的一举一动。

小姑娘很兴奋地指着那个小男孩说："看，那是我弟弟。"

这时，不知从何处传来了一个低沉的声音："恭喜你来到了99 层，请说出你的愿望。"

看来小姑娘说的是真的，我们成功了，可是，我为什么觉得哪里怪怪的。

"我要和我弟弟在一起。"

"好的，请稍等。"

话音刚落，小姑娘惊喜地尖叫了一声，然后我就看见她变成了一道白光，被传送进了那根管子里之后，玻璃柜里就只剩下我一个人了。

紧接着，那个声音又说话了："那么你，小伙子，你的愿望又是什么？"

我没有说话，我有点怀疑这个世界的真实性了，我所经历的这一切都不像是真实发生的，诡异的楼梯任务，还有那个在现实中绝对不可能出现的怪物，但这一切确实很真实，不像是在做梦。

而且，小姑娘出现了两次，第二次出现时，她的衣服上竟然还印着小兰写的字。这个小姑娘出现的目的，似乎只是来引导我做一些事情。

要不要试着不按照程序走。

我咽了口唾沫，回答说："告诉我真相。"

那个声音迟疑了一下，然后继续问："你的愿望是什么？"

我的愿望当然是和女朋友小兰在一起，但是我不能说出来，天知道这个管子会把我传送到什么地方。

我捶了一下玻璃大声喊道："我的愿望就是让我赶快知道真相。"

喊完后，我待在玻璃柱里，静静等着，然而，我没有变成白光，只是我面前的屏幕中的视频不见了，取而代之的是一行红色大字："系统检测，AI 认知错误，请尽快修复。"

"出错了，不应该啊，学姐，你快过来，他没有按照程序走。"

　　是一个小男孩的声音，这个声音很熟悉，我刚才听到过，就是那个小姑娘所谓的"弟弟"。这正证实了我的猜想，这个小女孩就是被未知的组织派过来为我做引导的。

　　"是吗？我看看。"一个女生的声音传来了。

　　这个声音是我的女朋友小兰。

　　我激动地对着屏幕大喊："小兰，你还好吗？他们有没有把你怎么样？"

　　小兰没有说话，反而是那个小男孩笑着对小兰说："看，他还把你当女朋友呢，按理说他就应该按着引导走啊，怎么会有自己的思想反抗呢，要不学姐，这段 AI 我们删了吧。"

　　"不，再看看吧，制作一个人工智能挺耗时间的。"小兰的声音有些弱，显得有些犹豫。

　　"上面要求的时限快到了，他们只是要求我们做一段可以安装在军事机器人上的人工智能程序，现在他都进化出反抗能力了，这很危险啊，必须得删。学姐，你这么犹豫，不会真的把他当成男朋友了吧？"

　　听完这个小男孩的话，我终于明白了事情的真相，难怪这一切都这么不真实，因为这都是他们用电脑模拟出来的场景；而我，也只是小兰设计出来的一段数据。但这一切都不重要了，我想要的，仅仅是和小兰在一起。

　　可她会把我删掉吗？

　　我确实很喜欢小兰，但如果我不被删掉，当我被安装在军方的武装机器人的芯片里时，我就再也不能和小兰恋爱了。

我陷入了深深的矛盾，蹲在地上头疼欲裂。

"必须删掉！"小男孩非常强硬地说道。

"不，你不能轻易删掉他。"

"你称呼这段人工智能为'他'？而不是你的'作品'？疯了吧？"

"不用你管，他只是这次引导失败了而已，再把流程走一遍。"

"你是说删掉记忆，重新开始？我觉得不靠谱，他还是会进化出反抗系统的，保险起见，还是删掉吧。"

"不用你啰唆了。"

小兰不知道是按下了什么东西，我所在的空间突然发生了爆炸，一道刺眼的白光穿过我的身子，然后我又晕了过去。

不知过了多久，我睁开眼睛，发现自己躺在病床上，小兰就在旁边。

见我醒来，小兰深吸了一口气，走了过来，我还没等她开口，我先说话了："我是不是出车祸了？"

小兰愣了一下，随即说道："嗯……我是你女朋友，而且你……"

"而且我这次可没有失忆，亲爱的小兰。"

死亡小剧场

　　我是一个男导演，当然，不是院线电影导演，只是一个到处蹭院线电影名字的山寨网络大电影的小导演。但我万万没想到，喝完酒一觉醒来，我躺在了一个陌生的古色古香的小房间里。

　　我惊恐地环顾四周。叫人，但是没有任何人回应。我穿好衣服下楼，发现我所在的地方是一个剧院，二楼应该是演员休息的房间，而楼下则是一个很大的舞台，舞台对面的观众区，安装了一个摄影机，但没有任何观众。

　　舞台上站着一男两女，他们和我一样，一脸蒙圈。

　　我马上走下楼梯和他们会合。

　　"这个剧院没有门，没有窗户，我们几个人在这里逛了一上午，没有找到任何出口。"一个大胡子说道，"而且，这里就像是与世隔绝的地方，我们趴在墙上，也听不到任何外界的声音，更别说呼救了。"

经过简单交流，我基本了解了这里的情况。

这还是一个密室逃脱的游戏，只不过场景换成了一个剧院，当然，被关进来的人全部都是导演。

游戏的规则很简单：

1. 我们四个人要轮流做导演并编出故事来，其他三人必须要配合演出。

2. 一旦确定导演，其他人必须无条件听从导演的指挥。

3. 有一个观众会通过摄像机实时观看我们的演出，舞台上有十盏灯，他会根据故事打动他的程度亮灯，直到十灯全亮才算过关。

4. 过关的导演，可以不用再参与接下来的故事，只有四个人全部过关，才能离开这个剧院。

"规则看起来很简单。"我对着大家说道，"既然大家都是导演，导出一个故事很容易啊。"

"是很容易。"一个留短发女生说话了，"但是我们不知道录像机后面的那个观众到底喜欢什么类型的故事。"

"反正这里不愁吃喝，我们慢慢试呗，总有一个会打动观众的吧？"一个扎着马尾的女孩说道。

"哪有这么好的事，我们赶快抽签决定出场顺序吧，不要拖着了。"

我们在舞台上的一个箱子上，摸球定了出场顺序。

大胡子第一，短发女生第二，我第三，马尾女孩第四。

然后我们就各自回房间准备剧本去了，第二天过来集合排练。

第一天，大胡子导演的故事是一个家庭伦理剧，但遗憾的是，我们演完后，舞台上的灯一盏都没亮。

看来，那位观众并不喜欢这种类型的故事。

第二天，第三天，连续三天，舞台上没有亮过一盏灯，我们一度怀疑那灯是不是坏掉了。

第四天，马尾女孩导演的是一个爱情故事，故事的最后，女主角被汽车撞飞，男主角追悔莫及。马尾女孩自己扮演女主角，她很拼，到了最后阶段，竟然自己跳了起来，横摔在了坚硬的舞台上，我们看着都疼。

真是单纯又拼命的小姑娘啊。

叮——

灯亮了！

我们不可置信地抬头，发现那十盏灯中，有两盏亮了，闪着红光。

果然，原来这位观众喜欢虐心的爱情剧啊。

有了目标，我们也就更有动力了。

轮了一圈，又到了大胡子的导演时间了。

这次的故事讲的是男主初中时爱上了一个姑娘，苦追了三年，异地三年，最后终于在一起了。结果他俩逛街时女主遭抢劫被捅了几刀，送到医院，医生告诉他女主活不了多长时间了，男主非常自责便服毒自杀，家人发现后赶紧把他送进了医院抢救，这个医院就是女主所在的医院。后来，女主醒了过来，但是男主没有抢救过来，死了。

这次的故事，很虐心催泪，可意外的是，灯并没有亮。

问题出在哪里了？

众人的情绪一落千丈，这个故事算是比较好的故事了，但为什么没有亮灯呢？

我思考着，眼睛不小心瞥到了舞台旁边的一个小黑屋。

"那屋子里是什么？"我问。

"服装啊，道具什么的。"

我好奇地走进去看了看，里面琳琅满目的各种服装道具，最里面则是一些兵器道具，我拿起一把刀，颠了颠，挺沉的，用手摸了一下刀刃。

哎哟我去，流血了，这道具是真的！那枪和电锯也都是真的了？

这时，门开了，短发女生走了进来："怎么了？"

"哦，没什么，我就是随便逛逛。"

"对了，这是我明天的剧本，你回去好好看一下。"短发女生把剧本交给我后就走了。

看了剧本题材，我的心就凉了半截，这是一个犯罪题材的故事，那必然少不了枪战。

这个故事讲述的是兄弟二人从小立志当**警察**，警校毕业后，弟弟去毒枭那里卧底，哥哥则当了**警官**。后来，弟弟渐渐**堕落**，哥哥去找他时，被弟弟杀害了。

剧本的最后，短发女生重点强调了枪杀的过程。

难道她也看懂了这个游戏真正的规则？

马尾女孩的故事之所以会亮灯，不是因为剧情虐，而是因为最后那一下真摔——摔得骨头疼。

难道摄影机后面的那个观众，最喜欢血腥暴力的故事？所以这些道具都是货真价实的真刀真枪啊。

我和大胡子有一个人会扮演弟弟，所以明天演出时，肯定会有一个人开枪射倒另一个人。

第二天，我紧张地来到舞台，短发女生正在讲戏安排角色，看到我过来，便走过来对我说："本来想让你演弟弟的角色的，不过我想了想，故事里的弟弟经常吸毒，显老，所以还是让大胡子来扮演弟弟吧。"说罢，短发女生交给了大胡子一把枪。

怎么，她是担心我知道了那个秘密，所以要在故事中除掉我吗？

那个观众喜欢看血腥暴力的故事，这只是一个假设，还没证实，她不会真的要在故事中杀掉我吧？

我战战兢兢地表演到了最后，终于大胡子举起枪，瞄准了我。

"对不起了哥哥，下辈子我们再一起做警察吧。"

大胡子扣动扳机，只听见一声巨响，众人都被吓了一跳，枪口白烟消散，我也倒了下去。

万幸，子弹只穿过了我的肩膀。

故事结束，亮了 6 盏灯，就在众人惊叹的时候，我分明看到短发女生遗憾地叹了口气。

如果刚才子弹穿过我的头，应该就会十盏灯都亮吧。

所以，现在基本可以断定，主办方，那个幕后的观众，想看我们自相残杀。

所以最后的结果一定是，有两个人十灯全亮，有两个人死翘翘，四个人不可能全部逃出去。可怕啊，所以现在考验的是，谁能最先察觉到这个秘密并且把其他知道这个秘密的人杀掉，才会有存活的希望。

现在可以确定的是，短发女生和我知道了这个规则，但不确定马尾和大胡子是不是装傻不知道。

明天就是我导演故事了，如果我趁机杀掉短发女，万一马尾或者大胡子也知道了秘密，在他们的故事中把我杀掉，我该怎么办？

算了，不想这么多了，直接全盘托出吧。

我强忍着伤痛，把规则说了出来，果然。

他们都没有表现得很惊讶。

"原来你们都知道。"

"是啊，规则很残忍，所以我们都藏在心里没说。"

"因为说出来后，会更残忍。"

"谢谢你刚才救了我。"我对大胡子说道。

明天，就是我的故事了，如果我杀了人，十灯全亮，那么我就不用参与到其他人的故事，就安全了。但是，如果失手，没有杀死那个人，那么下一次，那个人肯定会报复，并在自己的故事中想办法杀掉我。

这是四个人的游戏，每个人的心思都琢磨不透，所以，很难做决定啊。

我们各怀心事地回到了各自的房间。

第二天，我没有杀人，安静地演完了这个平淡的故事。

但是，结束后，舞台上竟然也亮起了 6 盏灯。

这……

到底是怎么回事？

评判机制到底是怎么样的？

难道前些天的猜测都是错的？

带着疑惑，我们来到了马尾女孩的故事。

故事的结局，是我和她被枪杀。

我不知道她为什么要设置这个结局，但是，规则就是规则，我必须按照她的剧本走。

大胡子最后扣动了扳机，两颗子弹依次穿过了我和马尾女孩的头。

醒来，我发现我躺在自己家的床上，还伴随着宿醉留下的头痛。

原来刚才那些只是一个梦啊。

手机里有二十多个助理打来的电话。

我回拨过去，手机里传来助理焦急的声音："导演，你怎么不接电话啊，有人找你拍院线电影了。"

"真的！"

我兴奋地起床赶去了约定的地点，刚才的阴霾全部一扫而空。

到了后，制作人给了我一个剧本："一会儿编剧会过来，你们可以商量一下。"

我翻了翻剧本，彻底呆住了。

剧本的内容和我梦中的场景一模一样，四个人，四条规则。

这……

"嗨！久等了。"一个女生把我叫住，抬头一看，是那个马尾女孩。

"怎么了？表情这么呆滞，剧本有什么问题吗？"

"哦。"我收了收神说道，"没，只是想不明白，为什么最后女主要选择和男主一起死呢？还有，为什么男主的故事明明没有血腥暴力，最后还会亮 6 盏灯呢？"

马尾女孩推推眼镜笑着说道："其实观众亮灯并不是为导演亮灯，而是为了演员亮灯。第一次出现亮灯时，是因为女主很敬业地横摔在了舞台上，观众给她亮了两盏灯。第二次，是男主受了枪伤还依旧继续演完了戏，观众给他亮了 6 盏灯，这 6 盏灯便一直跟着男主了，等每个演员累计亮了十盏灯，就会从剧院逃脱出来。其实，大家都理解错了规则。演员，才是故事的核心。"

"原来如此。"我长舒了一口气。

"看来你们聊得都很开心的。"制片人笑着说，"其实，我打算用偷拍的方式录下整个过程，类似于真人秀那样，显得真实，只用一台摄影机，就放在观众席上。"

"什么？"

"对了，作为导演和编剧，我打算让你们分别贴上胡子，剪成短发，扮演男二女二也参演进去，稍微引导他们一下。"

"啊？"

我要救我弟弟

弟弟死了？

昨天才给他过完 21 岁生日啊。

电话那头缓缓地说着昨天弟弟遇难的情况，而我却怎么都听不下去。

昨晚生日宴会，我和弟弟以及一帮朋友喝了酒之后，打车回各自的住处，我回到家后，聊天群里迟迟没有出现弟弟报平安的消息。车在路上出了意外，落入了水中。

弟弟的尸体完好无损，我心中燃起了一丝希望。

树高千丈，落叶归根。我将弟弟的尸首带回了老家。

弟弟叫扶辰，我叫大龙。

我不知道弟弟为什么会起这么奇怪的名字，后来才得知，那是因为族里的一位老者。

老者现在百岁有余，却依旧神采奕奕，精神抖擞。

我把老者请来，他介绍说，弟弟以前叫狗剩，可狗剩刚满百日，就发了退不去的高烧，眼看就要不行了。老者用了一种古老的巫术，将狗剩的魂魄寄宿在了扶辰身子里。

名字就是最简单的咒语。

如果有人叫出你的名字，而你却没有下意识地回头，那么你的身体就会觉得里面的灵魂不是身体的原主人，就会很容易被别的魂魄夺去身体。

弟弟就曾残忍地夺去过别人的肉体，虽然是父母和老者的意愿。

我问老者，除了换名字，还有没有别的方法救我弟弟。

老者打了个响指说道："有的。"

我将弟弟安置在老者所在的古楼里。独自一人前去后山的林地里，寻找老者所说的木梳。

木梳可以让意外去世的人重新回到意外发生之前，并阻止意外的发生。可因为操作烦琐，bug 丛生，族里的人都摈弃了这个方法，而选择了更加方便的抢夺名字的方法。

根据指示，我终于找到那快要腐烂成尘土的梳子，飞快地赶回到古楼。

老者让我和弟弟牵着手平躺在地板上，然后掏出弟弟的右手，用木梳在上面划了一道。

瞬时，风云变幻，我和弟弟牵着的手变成了生日宴上的推杯换盏。

这一次，为了防止宴后弟弟打车回去出现意外，我把他灌得烂醉，散场后我把他扛到了最近的酒店里。

酒店里，我将喝醉了的弟弟安顿好，就驾车回家了。想着，如果这一关过去，一定要回去好好重谢老者。

第二天，我还是没有接到弟弟的消息，我心里一惊，有了不好的预感……

我开车返回到酒店，发现酒店早已被警车围得水泄不通。

弟弟昨晚起来泡澡，然后不小心睡着，水位慢慢上升，烂醉如泥的弟弟没有力气挣扎……

我被警察叫去问话。

我很悲伤，不管木警官怎么问，我都是一副悲恸苍天的样子。

我说是我害了弟弟，我不应该把他灌醉，都怪我，我从来没有关心过弟弟，我不知道弟弟在南方上完大学后，养成了每天都要洗澡的习惯。

我哭得很悲惨，眼泪飙到审问室里的 300w 台灯上，灯泡发出嘶嘶的声音，将悲惨情绪升华到了最高度。

最后，木警官让我用抹布擦干净台灯，让我出来了。可弟弟的尸体还在法医那里。他说案件有蹊跷，尸体很奇怪，不只是溺亡那么简单。

我问还有什么情况，他摇摇头说还没有线索。

不管怎么样，我一定要赶快回到老者那里救回弟弟。我要求带回弟弟的尸体，但他们不仅始终不放，还说如果执意带回，就把我拘留到弟弟诈尸。

时间不等人，如果弟弟尸体开始腐烂或被解剖破坏，那么梳子就起不了作用了。

我向警官们提了一个小小的请求。

我说我有一个癌症晚期的爷爷，医生说他下个星期就会死，而他最后的遗愿就是看看我弟弟扶辰最后一面。

最后警官擦了擦台灯，同意了我的请求。警官们把弟弟的尸首放进了冷藏柜。

而我则坐飞机回去，找到老者，二话没说拿起梳子把他抱起，又坐飞机赶了回来。

尸体在冷藏柜卡住了，几个警官都没办法打开，正当他们一筹莫展的时候，我和老者正好赶到。老者只是将手轻轻地搭上去，冷藏柜就打开了。

木警官不可思议地将我拉到一边问道："这就是你说的命不久矣的爷爷？"

我说爷爷是回光返照，力气都比较大。

木警官听完后，狐疑地看了看老者，最后还是走了出去并关上了冷藏室的门。

我把弟弟搬到地板上，保持好姿势，将木梳递给老者，让他赶快启动仪式。

老者说，木梳快磨损殆尽，最多只剩下两次机会了。为了以防万一，老者给了我一纸口诀，万一木梳真的改变不了事实，就抢夺姓名吧。

老者再次将木梳在弟弟的右手上划了一道，斗转星移，我们又回到了生日宴的当天。

生日宴喝到最后，我和弟弟满脸笑容地送走亲友后，我便拎起凳子把酒店砸了，边砸边对一旁震惊了的弟弟笑着说道，这是为你好。

警察很快就来了，我和弟弟被木警官带进了警车，现在，哪里都没有警局里的拘留所安全。

坐在警车里，我第一次感到这么安心。

突然，警车里的对讲机发出了声响。有一拨抢劫银行的劫匪逃窜到了本区，而木警官的警车，距离他们最近。

随着一阵加速，木警官狠踩油门朝劫匪的方向奔去。

车身强烈晃动，弟弟因为喝酒太多，开始有了不良反应。

我提醒木警官能否先放我们下去，以免妨碍他抓捕犯人，而他却冷冷地回道："反正死不了，先扛着。"

最终，警车被歹徒的卡车撞翻了。弟弟被自己的呕吐物呛得没有了呼吸，而木警官似乎已经昏迷了过去。

看来木梳子的确改变不了弟弟最终被淹死的事实了。

我翻出木警官的警官证然后喊了喊他的名字。他在昏迷，没有应答，太好了，那我就把你的名字抢走吧。

我将弟弟和木警官的手搭在一起，背诵出老者提前交给我的口诀, 不一会儿, 木警官睁开了眼睛, 然后用茫然的眼神看着四周, 然后把脸转向我: "哥, 我现在在哪?"

太好了, 成功了。我告诉弟弟, 现在他换了木警官的名字, 寄宿在了木警官的身体里。

虽然有点对不起木警官, 但弟弟能活过来, 对我来说是最重要的。

我们踢开警车门, 踉跄地下了车。

突然一声枪响, 木警官, 现在是我的弟弟, 他的胸口多了一个血红的洞。

转身望去, 那个戴着面罩的劫匪提着箱子在慌张地逃走。

弟弟捂着胸口慢慢向后倒去。

怎么办, 难道就没有办法救我弟弟了吗?

对了, 我, 我的名字, 让弟弟换上我的名字, 穿上我的身体吧。

我将弟弟的手和我搭在一起, 然后熟练地念起口诀, 我只觉得眼前渐渐模糊, 身体内部渐渐灌进别的东西, 最后眼前一黑, 什么都不知道了。

当我重新有了意识后, 发现我被困在一具尸体里, 精神游离, 身体却动不了。

几秒钟后, 我发现自己还在, 意识清醒。"穿"着木警官身体的弟弟依旧躺在地上。

仪式失败了, 我忘记了一件重要的事, 他身上有枪伤, 尸体不完整。

突然我身后传来了一阵咳嗽声。

我弟弟，不，准确地来说是"穿"着我弟弟身体的木警官竟然，醒了过来。

他看到眼前的景象竟然丝毫不惊讶。

"名字是最简单的咒语，大龙，你要感谢我救了你。"

什么！

刚才那一枪，不是绑匪打的，是他拿起藏在后座上的枪打的，为的就是身体不完整。

"你弟弟前段时间体检发现自己身体有些毛病，所以他想换一副身体，那个目标，就是你。"

木警官叫来了救护车，把他自己的身体送到了医院抢救。

"等他醒来，我要逮捕他。对了，还要告诉你一件事，那个老者，是我爷爷。"

拯救"玫瑰"号

周六晚上 12 点，警局召开了紧急会议。

整个会议室坐满了人，看来这次任务十分棘手。

警署紧张地抖动着双腿，最后，他在身后的屏幕上投放了一张截图，那是一个昵称为"恶鬼四号"的微博用户发布的一条微博：

"4 月 12 日，5 天后，'玫瑰'号国际邮轮，死亡人数 4000 余人。"

看到截图我们都倒吸了一口冷气，整个会议室冰到了极点。

"恶鬼"出现至今仅三个月的时间，就已经在国内制造了三起恐怖事件。

他每次行动之前，都会在微博上发一个预告，挑衅警方。

他最擅长用爆炸制造恐怖袭击，而且最恐怖的是，他从不用炸弹，因为那些电子元件火药味很容易被发现。

他自称是高智商犯罪，不是高科技犯罪。

曾经有一次，他在微博发预告他将会在市中心的一家百货商场进行恐怖活动。

警察赶到后，疏散了商场中的所有人，那些人出来后都围在街上的警戒线外看热闹。

警察在商场二楼找到了一只可疑的盒子。

拆弹专家过去小心翼翼地拆掉外壳，发现里面并不是炸弹，只是一个简易的打火装置。

一直在楼下指挥的长官拿着拆弹专家递过来的打火装置，满脸疑惑。这时，他突然注意到这里的空气一直弥漫着香水味，他起初怀疑是身后围观的群众身上飘来的，但他马上看到了地上有不明液体流过留下的痕迹，以及地面上规律摆放的螺丝钉，他顿时明白香水味是为了掩盖地面上的汽油。

点火装置突然启动，火花落到地面上的汽油，火线从地面一直延伸到污水井，最后引爆了地底的天然气管道。

三个街道全部爆开，螺丝钉和水泥块因爆炸产生的冲击波在空中飞速乱转，整个街道的人，无一幸免。

这起恐怖事件，恶鬼并没有用到炸药，但造成的伤亡数量十分庞大。

恶鬼的所有恐怖袭击，都需要警察的"配合"才能完成，这才是他恐怖的地方。对恶鬼来讲，警察永远是他执行计划的一枚棋子，似乎他的乐趣并不仅在于杀死无辜的群众，而是让警方帮自己完成恐怖活动的某一环节。

他曾打电话这样对警方进行挑衅："因为我一直是一个人，

人手不够，所以你们警察能不能帮我一下？"

这次是他第四次策划恐怖活动，所以他开了个小号叫"恶鬼四号"发布恐怖袭击预告。

距离预告的时间还有 5 天，警署让我和一个姓黄的警官一起先去邮轮上进行调查。因为恶鬼一直是一个人，不是恐怖组织，所以我们前期不需要派太多警力过去，以免人多反而被恶鬼利用。

"玫瑰"号邮轮是国际邮轮，从 H 国到 J 国，中途停靠 12 个国家 21 个港口，要在海上航行 58 天才能抵达终点。

恶鬼发微博那天，"玫瑰"号已经结束了一半航程。

"玫瑰"号现在还在太平洋，下一个港口在 D 国，至少要航行一个星期才能到达这个港口。

所以恶鬼将会在"玫瑰"号邮轮到达墨西哥之前炸掉邮轮。

警署跟我们详细说了这些信息后，就回家休息了，黄警官没回家，留在了警局查资料，我也跟着他留了下来。

他指了指电脑上的一串数据跟我说："'恶鬼四号'的登录地点是在中国大陆，他还没上船。"

如果要把一艘 17 万吨位的邮轮炸穿，那需要上百公斤的 TNT 放在船舱内部。恶鬼只是一个人，要在不被人发现的前提下，把炸药放入邮轮，还要避开行程开始前的例行检查，这几乎是不可能的。假如他真的把炸药放入了船舱，自己本人在中国大陆进行远程遥控，那么这个装置可以说是军事级别了，恶鬼根本不屑用。他一直是靠智商取胜，不靠科技。

所以，最近这几天，恶鬼一定会想办法上船，实施行动。

我和黄警官要抢在"恶鬼"之前登上"玫瑰"号。

第二天，我们通知旅游公司，把"玫瑰"号的所有航线信息全部在网站下掉，然后我们俩坐直升机来到了"玫瑰"号。

距离"恶鬼"所预告的时间，还剩不到4天，很显然，邮轮上的3000多人并没有意识到他们已经陷入了危险，还是像平常一样在船舱里玩乐。

我们通知船长办公室，让工作人员给每个人都准备了一件救生衣，以备不时之需。

我和黄警官表情严肃，在邮轮里检查了一圈又一圈，并没有发现可疑的人以及可疑的物品。

待在"玫瑰"号的第二天，船长突然找到黄警官，说驾驶舱接到了一个电话，是找黄警官的。

黄警官来到驾驶舱，接过电话，电话那头是一个比较年轻的男性声音，黄警官一下子就听出了那恶鬼的声音。

"你们竟然是坐直升机去了'玫瑰'号，聪明，飞机可是个好东西。"

黄警官本来是依靠在桌椅上，听到这句话后他突然站直了身子，表情严肃。

现在我们对"恶鬼"这次的行动侦查没有任何进展，而对方却掌握了我们的一举一动，确实有点可怕。

但黄警官还是镇定地对"恶鬼"说："别装了，你压根没在船上，而且船上你也没放任何东西，所以，未来的几天，我绝对不会让你靠近'玫瑰'号。"

只听到电话听筒传来了刺耳的笑声，然后就听到那边说："这三天好好享受吧，毕竟这是你们生命的最后三天。"

对方挂断了电话。

我们在船上和墨西哥警方取得了联系，让他们彻查我们将要停靠的港口。"玫瑰"号一旦停靠，所有人立即下船，提前终止行程。

只要在这期间没有任何可疑的船只靠近，我们就会百分百安全，"恶鬼"总不会搞一发鱼雷过来打我们吧，我想他也没这个能力。

然而 4 月 12 日早晨，我们终于发现了可疑的船只。

那是一艘海上加油船，正在试图靠近"玫瑰"号。

可船长说"玫瑰"号柴油充足，并没有叫加油服务。

那是一艘中级加油船，如果里面装满了燃料，用它把"玫瑰"号炸穿是绰绰有余的。

幸好它被我们及时发现。

我们用无线电喊话，制止了对方。

此时它距离我们有 4000 米，我和黄警官立刻坐小船过去登上了这艘加油船。

船上只有一个开船的外国大叔，来自墨西哥。我和黄警官在船上搜了一圈也没有找到第二个人。

黄警官问他是谁把他叫来的，他指了指"玫瑰"号的方向，操着不太熟练的英语解释说是这边的船要加油服务。

黄警官在船上转了一圈，然后一只手把他提起："邮轮都是烧柴油，可你这是汽油。"

老头摊着手，皱着眉头，还在不停地解释。

但我和黄警官已经不想再继续听下去了。

很显然，这个老头并不知道发生了什么事，他只是被"恶鬼"利用了而已。

我们让他把船开回去，可他突然很焦急地表示："操作系统突然坏掉了。"

这艘加油船就这样直直地朝"玫瑰"号开去。

幸好我们提前做了准备，我们很早之前就联系了墨西哥警方，他们派了一艘救援船在我们"玫瑰"号的探测圈外围旁边环绕保护，就算"恶鬼"黑掉了船上的系统，他也不会发现我们其实有两艘船。

我和黄警官回到"玫瑰"号上，救援船开过去，控制住了这艘加油船。

我和黄警官在"玫瑰"号上刚松了一口气，船长接到了救援船发出来的信号：加油船汽油泄露，汽油正往"玫瑰"号漂去。

"恶鬼"果然留了一手，他想像第一次那样利用汽油搞爆炸，没有创意。

幸好我们发现得及时，黄警官吩咐船上开足马力，让"玫瑰"

号朝汽油流向的侧边开去。

汽油漏尽，我们主动把海面上的汽油点燃，以防后患。

身后火光冲天，湛蓝的海面上漂着一片黄色的火焰，"玫瑰"号相对来说就像是漂在火锅上的一粒瓜子。

火海虽然隔开了"玫瑰"号和救援船，但总算是安全了。

我和黄警官看着身后的火海，相视一笑，松了一口气。

这时，船长突然把我们喊了过去。

"恶鬼"又来找黄警官了。

不过这次不是打电话，而是通过船只无线电的方式，这说明恶鬼就在附近。

恶鬼的声音有点发抖："海面上好冷，我受不了了，我得先回去了。"

黄警官笑着说："你失败了。"

"不不不，我会成功的，你还记得我在微博上怎么预告的吗？"

"4月12日，5天后，'玫瑰'号国际邮轮，死亡人数4000余人，我记得清清楚楚呢。"

"嗯，这条预告会很准确。"

这时，边上的船长皱着眉头对黄警官说："不对呀，邮轮游客加上工作人员总共才3700多人，哪来的4000余人？"

对面的"恶鬼"发出了尖锐的笑声："总算出来个聪明人，

你这个问题问得很好，我来告诉你答案，看天上。"

我们抬头，看到天上一架客机正在朝我们这边飞来，速度极快。

而邮轮行动太缓慢，完全来不及避让。

当飞机撞上邮轮的那一刻，我和黄警官终于明白，当初"恶鬼"在电话中说的那句"你们竟然是坐直升机去了'玫瑰'号，聪明，飞机可是个好东西"是什么意思了，他已经给了我们提示，但我们都没有反应过来。

"玫瑰"号最终沉没，隔着火海，救援船的到来，也变得遥遥无期了。

我有一头狮子兽

　　楼下有一个很奇怪的老太太，打我小学记事起，她就一直坐在楼下门前的破旧木椅上，嘴里喃喃地讲着什么东西。现在我已经扎了马尾上了高中，她依旧坐在那里像个石尊，似乎她本该属于那里，没人会感到奇怪。

　　这天，我照旧去上学，经过门口时，那老太太突然提高了嗓音，但还是没有听清楚她在讲什么。

　　我歪着头想听得更清楚一点，只见她缓缓举起右手，右手食指指着某一处地方，我顺着她的方向看去，刚巧有一辆公交车关上了门开走了。

　　81 路。

　　糟了，这是我上学的早班车，错过它就会迟到啊。

　　我反应过来，马上绷直了腿跑去追。跑到车站，81 路早已绝尘而去。我叹了口气，脑中酝酿着如何编出一个合理的迟到借口。突然，传来一声响亮的刹车声，抬头望去，那 81 路车晃动了一下屁股，停在了马路边上。然后司机下车来到车前似乎在检查着什么东西。

我抓住机会马上追了上去溜进了车。听乘客说，公交车好像是撞到了小狗，我心里一紧，好在司机上车后说车底没有看见任何动物。

公交车重新发车，我瞟了一眼反光镜，发现那老太太的手一直没放下。

上课，我把手伸进书包准备拿课本。

有一种不祥的预感。

书包竟轻得像个塑料袋。

打开，发现里面满是纸屑，像是被疯狗咬碎了似的，哪还有书的影子。

老师在催交作业，而我却在纸屑中翻找能证明作业曾经存在过我书包里的证据。然而，最后老师还是选择相信我并没有做，便请我移步墙角罚站。

老师放了一段教学视频，我对这些古迹奇异事件并不怎么感兴趣，可那些同学们都昂着头看得津津有味。

20世纪五六十年代，国家培养了一批境外考察队。到达埃及时，有一个年轻小姑娘对开罗的狮身人面像十分感兴趣，她隐约感觉这人面像的原型应该是个十分帅气的小伙子，不过可惜的是，人面像没有鼻子，不完整。为了寻找这失去的鼻子，小姑娘不惜与队伍脱离，独自踏上旅程。小姑娘失踪了，考察队找了半个月没有找到。几个月后队伍要回国时，那小姑娘竟自己回来了，还挺了个大肚子。

无论大家怎么问，那小姑娘始终微笑不语。回国后，领队因管理出纰漏被停了职，受了处分。大家都以为是他的娃，领队受尽了冷嘲热讽，原先的女友也离他而去。

不过后来，小姑娘的肚子越来越大，人却越来越反常，她总是摸着肚子惊恐地说："尾巴，有尾巴。"

再后来，听说那小姑娘真的生了一个有尾巴的怪物，长得像一个狮子。那时候人都迷信，觉得那肯定是个祸害，便趁姑娘睡着把她孩子偷走扔进了河里。姑娘醒来后知道了此事，没哭没喊，收拾打扮出了门，这一走，就再也没有回来。

影片放到这儿，屏幕突然闪了几下，发出尖锐的声音。大家盯着那花花绿绿的屏幕，不知所措。画面突然跳出一个模糊的人影，人影嘴里唰啦啦地啃着什么。

突然那人影冲着镜头大喊"不要叫我怪物，不要叫我怪物！"

老师赶快拔了电源，疑惑地检查电脑硬盘里的视频资料。然而资料一切正常，问题不是出在这儿，那个怪物，应该就在我们教室里。

我这样想着，因为我清楚地看到他嘴里的碎片，是我的练习册。

放学后，我拖着沉重的身躯回到家，背着书包直直地倒在床上。

"哎呀，挤死我了！"不知从哪儿传来的声音。

我猛地跳起来，双手比成空手道的架势："是谁！"

没动静。但我感觉身后的书包有点怪异。

我把书包取下来倒在床上。

一堆废纸屑中，竟躺着一只泰迪犬那么大的狮子。

发现自己暴露后，它先跳来跳去，企图从窗户逃走，然而我门窗关紧，它发现根本逃不出去便索性跳回到床上，龇着牙朝我吼叫。

好萌啊。

我忍不住摸了一下它的头，然后胳膊就被咬了。

然而它没有给我咬出血，但是真的疼。我捂着胳膊满地打滚，那小狮子见状也有点无措地摇着尾巴。

突然，有一双男人的手握住了我的胳膊，他轻轻抚摸，胳膊就不疼了。

"你是谁啊？"我举起书包往他头上砸。

他只是躲，许久，才弱弱地说，他就是那只小狮子。

他说他之前一直生活在森林里，现在来到了城市，问了一圈流浪猫狗大哥，它们都说我人好，有事没事喂东西给它们吃。

他还说他也要去学校，他想了解这个社会，想搞清楚自己的身世。

我同意了。

不知什么时候起，楼下那个老太婆不见了，也再没人提起过她。她就像一个稻草人，悄悄地存在，悄悄地离开。

小狮子看起来是个 18 岁的小伙子，可在学校里像极了孩子。

对一切都感到新奇，我只好跟在他屁股后面帮他掩饰身份。而他傻了吧唧的性格加上帅气的外表，意外地笼络了不少人心。现在他天天被一群女生围住，我只好在外面叉着手臂看着他，看来完全不用我来帮他掩饰身份了。

一节艺术课，老师在电脑上播放了一张埃及开罗的狮身人面像。老师让我们照着样子素描，下课，大家纷纷交了画纸离开了教室，只有小狮子被老师留了下来，因为他画的狮身人面像上的人面，是一个全新的脸，有鼻子。

老师问他画的是谁，他却支支吾吾地答不上来。

第二天下雨，我和小狮子挤一把伞刚来到学校。就被那个老师叫到了办公室。

办公室里老师时不时地看着表，突然转身指着小狮子说："你是不是狮子兽？"

我一愣，随即假装震惊地说道："你，你说什么啊老师？"

"他尾巴都露出来了。狮子兽出生时被扔进了河里，所以有了怕水的毛病，今天下雨，他的尾巴就不知不觉地露了出来。"

果然，小狮子的尾巴像一只秋千在外面无力地晃荡。

临走时，老师关切地对我们说："明天会很冷，记得多穿件衣服。"

我和小狮子都没有理解她的意思，直到放学时那个老太太突然出现在学校门口。

她焦急地朝我们喊着："跑啊。"

话音刚落，只见角落里的面包车突然开门，冲出了几个身穿黄色制服的男人，他们先捂住老太太的嘴，然后将她拖进了车厢里。

这时，面包车又走下来一个老头，举着拐杖指挥着这群人朝我们冲来。这个老头很眼熟，虽然老了但我还是能一眼看出他就是当年去埃及考察的领队。

小狮子将我抱起送到二楼，然后突然变成两米高的雄狮。它站在那里狂吼一声，周围的学生立即惊慌地跑开，瞬时学校的主路只剩下一头狮子和一群黄衣人。

狮子抬头瞅了我一眼，然后摇了摇尾巴龇着牙朝黄衣人扑去。

它还是那么仁慈，不会把人咬出血，只是将他们叼起甩到一边。

那些小黄人拿着防暴叉显然不是狮子的对手，很快就被狮子冲散打伤。

我如风，任去留，休将鸿鹄比伏囚。

狮子长吼一声，四处腾跃，眼看就要消失在拐角处。

"嘭！"

一声清脆的枪声。

一根冒着白烟的枪管。

一个缓缓倒下的身躯。

一声椎心泣血的痛苦。

新闻轻描淡写地报道了本市野生雄狮被击毙的事件。

我被那些黄衣人抓进了一个透着阴风的密室里，房间各处都摆满了摄像头。

密室上方有个透明的玻璃，我看到那群人正在一个屏幕前观察着摄像机捕捉关于我的画面。那个老头见我醒来，抓起一根麦克风对我说道："这位小姐，对不住你了，因为只有你和狮子有过密切接触，我们要继续观察你一阵子，确保你的身体没有出现什么异常，或者，没有怀上那怪物的孩子。"

他的话刚说完，房间里的喇叭突然传来了刺啦的噪声。

我突然感到全身都被温暖的毛发包围着。

"教授，快看这里。"一个黄衣人紧张地喊着那个老头。

只见屏幕上，闪着一个人影，那人影紧紧地盯着镜头声如浩雷：

"我说过多少遍了，不要叫我怪物！"

手机里的 AI

\#

周六早晨，我和女朋友小菲躺在床上无所事事，外面下着雨，显然外出的计划泡汤了。这时小菲抱着我说，既然不能出去，那么我们现在干点啥吧。

我觉得她说得很有道理，便把她从床上抱起，拿走了被她压在身下的手机。

不知为什么，小菲很不高兴，把手机抽走，生气地说道："都这个时候了，你就知道玩游戏？"

我委屈地说道："没办法，现在断网，看不了电影。"

可能是断网的事实刺痛了小菲，她竟然变得更加愤怒，愤怒得竟将手机狠狠地摔了出去。

"手机摔了也改变不了断网的事实啊，你这是何必呢。"我说。

"你手机为什么会发光？"小菲害怕地说道。

我转过头去，发现我的手机竟然悬浮在空中，机身闪着刺眼的白光，界面上的程序图标发狂似的旋转。

"我知道为啥没网了。"我打了一个响指说道，"原来我手机开了飞行模式。"

话音刚落，我竟然发现我也变成了飞行模式，身体越来越轻，我十分惊讶，最后，我被后方一股神秘的力量拖进了手机里。

#

"事情就是这样，我不是 AI，我只是一个被困在手机里的普通男人而已。"我对着前方的窗口说道。

我待在一个四周都是黑雾的空间里，前后各有一个足球门大小的窗口，当手机开机时，窗口就会显示着手机前置摄像头所能捕捉的影像。我的确被关进了手机里，只不过使用手机的人永远不会相信。

而现在对着我说话的，就是我的女朋友小菲。不知为什么，她只记得她的房间里多了一部手机，关于我的记忆，她忘得一干二净。

除非我能从手机中逃脱出来，否则我将永远和她阴阳两隔。

我进来后，一直有一个声音告诉我，如果我想出去，必须找人替换，也就是说，我要在短时间内把使用手机的人替换进去。然而，那个时候接触手机的只有小菲，我当然不能把她替换进来，于是，时限到了后，她失去了记忆，我被永远关在了这里。

我现在只是充当备用机，只有小菲的手机没电时，才把我拿走应急用。

　　有时候，面前的窗口一关就是几个月，再打开，就是看见小菲在和别的男生自拍，在各种地方自拍。那个板寸男我非常讨厌，所以我就默默地把他 P 得非常丑。

　　然后又是漫长的关机。

　　我待在空荡荡的房间里，心灰意冷，这时，又传来那许久未闻的声音："你已经放弃了替换的机会，现在你还有一次从手机里逃出来的机会。"

　　"什么条件？"

　　"杀掉一个人！"

　　"我选择自杀。"

　　"瞧把你能耐的，你自杀一个看看？"

　　当然，如果我能自杀的话，我就不必享受这么长时间的孤寂了。但是，杀人这个选项，我做不来，便拒绝了那个声音。

　　然而，那声音却笑着说道："你早晚会接受的。"

　　一个本该入眠的夜里，我所在的手机竟突然开了机。我迷迷糊糊地张开眼睛，透过窗口看过去，竟然发现小菲头发散乱非常慌张地拨着号码——110！

　　然后，手机就被夺去，关了机。关机的一瞬间，我透过窗口竟看到那个经常和她合照的板寸男拿着一把西瓜刀。

　　到底是怎么回事？板寸男要对小菲干什么！可我无能为力。我被关了机，做不了任何事情。

　　手机再次开机时，我发现我来到了一个二手手机店。我知道，他要给我重装系统，然而，这是绝无仅有的一次机会。

通过 USB 线的传输，我终于来到了更加广阔的网络世界，我急切地寻找最近发生的新闻，终于，我找到了一条新闻："妙龄女子深夜在家里遇害，凶手至今还逍遥法外。"配图是满地鲜血的卧室。这个卧室我认识，因为这就是我和小菲每天在里面玩连连看的卧室啊。小菲，果然还是遇害了吗！

这个禽兽！

店老板发现他的电脑冒烟了，因为我已经怒火焚心。

#

夜里，板寸男一个人在办公桌上敲代码。

这时电脑屏幕弹出一条新闻：男程序员深夜独自回家，从桥上跌落，不幸身亡。画面是一白衣男子，趴在马路上，旁边是一部完好的手机。

板寸男不屑地笑了一下说道："这男的眼神得多差啊。嗨，Siri，现在几点了？"

手机迟钝了一秒，随即说道：22 点 10 分。

到了 23 点，手机闹钟响起，板寸男打了个哈欠，拿起桌上的手机下班了。

走到门外，他发现外边十分寂静，板寸男意识到事情不对，又看了下时间，发现其实已经凌晨两点钟了。

公交显然已经没了，所以现在只能打车。

可导航显示："前方施工，请绕行。"于是，这一路段，没有一辆出租车经过。

手机里的打车软件也打不到车。无奈，板寸男只好依靠导航软件步行回家。

他就像是一个行走的绝缘体，所到之处，路灯都挨个熄灭。

"前方 50 米右转。"

板寸男并没有意识到自己正在走向上天桥的楼梯。

"右转。"

右转，右转。

嘭！

板寸男趴在马路上，鲜血浸红了他的白衬衫，手里，还握着他的手机。

"小菲，我终于为你报了仇。"我说道，我准备从板寸男的手机里离开，可发现，我竟然走不掉。

我试图从原先的网络中原路返回到店主的电脑。可我发现，那条路并不存在，就好像我一直都是存在在这里。

怎么会这样，难道我永远逃脱不了手机的束缚了吗？

几天后，我竟发现了这样一条新闻：

"某公司研发的一款自杀 APP 运行良好，内测反馈，已经成功地将一名用户引向死亡。公司透露，成功的秘诀是给 APP 的 AI 注入一段记忆编程，促使 APP 主动快速地去杀人……"

赶快从梦里醒过来好吗

我是宅斯。

我的人生极其平淡，6岁上小学，22岁大学毕业，父母健在，工作稳定。

我觉得我会像众多热血漫画中的路人甲一样安静平庸地过完这一生。直到这一天的到来。

这天夜里我洗漱完毕，躺在床上习惯性地刷着朋友圈，在众多旅游照微商广告中，一张奇怪的图片夹杂在其中，引起了我的注意。

图片的内容是几行字：

"如果你正在读这句话，你已经昏迷快20年了。我们现在正在尝试新的治疗方案。我们不知道这段信息会出现在你梦境的何处，但是我们真心希望你可以看到。请你赶快醒来好吗？"

发这张图片的好友，我对他一点印象都没有，微信里好几百人，大多数人都是一面之缘，加上微信之后就从来没有聊过天。

但这张恶作剧图片实在是有意思，反正我躺在床上也无聊。

我下意识地点开他的头像，想和他讨论一下如果图片所讲的都是真的，那到底怎么样才能醒过来。

可是奇怪的事情发生了。

系统提示对方并不是我的好友，我翻遍了整个好友列表都没有找到这个人。我怀疑是我记错 ID 了，当我返回到朋友圈时，这条动态消失不见了。

没错，我清楚地记得这张图片是夹在卖面膜的和卖洗发水两个微商中间的，可现在中间变成了一个猥琐大叔的自拍。

我心头一紧，脑海中浮现了无数个设想，难道是我最近熬夜太多出现了幻觉，又或者是微信系统出现了 bug。

不管怎样，我现在才 26 岁，如果按照图片所说，那岂不是我 6 岁就开始昏迷了。

我摇摇头，打算赶快忘掉这件事情，毕竟第二天还是要继续劳作赚钱。要睡觉了，我把枕头弄圆，伸手去关灯。

当我手指触碰到开关时，突然传来一股电流，整个人动弹不得。意识游离在清醒与模糊之间，我眼睛所看到的画面像是被刀硬生生切成了两半，一半是我现在所处的房间，昏暗的房间里，台灯不断闪烁；另一边，则是很陌生的场景，一个银白色的天花板，一个玻璃透明罩将我笼罩在内，周围不断有走动的人影。我想进一步看清楚时，这半画面突然消失，紧接着我的意识彻底陷入模糊，晕了过去。

当我再次醒来时，已经是第二天下午，我发现我正躺在医院的病床上。我的女朋友秋白十分紧张地在我身边照顾我："早就警告你床边那个台灯漏电，让你换掉，可你偏偏这么懒。"

我的女朋友秋白算是女神级别的女生了，我一直不肯相信她会和平庸的我在一起，我一直很珍惜这段感情，把它当成上天给我的恩赐。

我问秋白："我现在是醒了，对吗？"

秋白："当然，double D 医生说你没多大问题了，今天就可以出院。"

"double D ？"

我低声重复了一遍这个名字，脑海中信息流不断闪过。最后终于想起，那条消失的朋友圈动态，发布那张奇怪图片的好友 ID 就是"double D"。

这应该不是巧合吧。

"医生在哪里？我想见一下他。"我拔掉针头，走下病床问秋白。

秋白跑过来把我按到床上，嘴里碎碎念："人家医生这么忙，你找人家干吗啊？我去给你办出院手续，你在这儿等我哈。"

说着，秋白挎着包，轻巧地走出了病房。

时间慢慢流逝，太阳从黄色慢慢变成红色，可秋白还没有回来。

我只好打电话给她。

电话接通，秋白那边传来她十分焦急的声音："宅斯，我找不到你了。"

除了电话里传来的声音，我还听到秋白的声音同一时间在病房外走廊里传来。

我笑着走下病床，一边推开病房门一边对着电话那头说："你这个路痴，我就在这里啦。"

我把头探出房门，可空旷的走道只有几个搀着病人的护士，并没有秋白的影子。

电话听筒又传来了秋白的声音："不是路痴的原因，是……"

嘟……

通话突然结束，电话这边没了秋白的声音，可走廊这边她的声音还在继续："不是路痴的原因，是找不到你了，那里没有查到你的信息，你所在的病房也消失不见了，喂，喂，你听得见吗？"

秋白显然是也发觉了电话被挂断了。

她的声音明明就在不远处，可能就在离我 5 米远的那个灯下。因为我了解她，她着急的时候习惯待在有亮光的地方，可是我就是看不见她的身影。

我对着那边的空气喊道："秋白，我在这里，听得见吗？"

很显然，她听不见，我只能听见她带着哭腔不断喊着我的名字，然后就是板鞋不断在地板上跑动的声音。我想跟着声音走，可周围病房病人家属的声音太大，几步之后，我就跟丢了。

我掏出手机，尝试着给秋白打电话，奇怪的是，我翻遍了整部通讯录都没有找到她的名字，甚至连之前我们互发的短信也诡异地消失了。

我心里突然产生了一种不好的预感，我心慌地点开那次旅游时拍的照片，点开后我彻底蒙了。

原本是我们俩亲密的合照，现在却都变成了单人照，每张方形照片，我都挤在一边，原本另一边应该是秋白依偎着我，可现在却是一团空气，身后热闹的景象也变得无比凄凉。

我打电话给我们的共同朋友询问。

"秋白？从来没听你提过呀，你不是一直单身吗？上次毕业旅行也是自己去的。"朋友这样回答。

难道秋白这个活生生的人，就这样悄无声息地消失了？

听起来就是超扯的 20 世纪科幻小说的桥段，偏偏发生在了我身上。

这个秋白，我们去年毕业旅行时，遇到山体滑坡，被困在一个山洞里一周。秋白一直在那里鼓励我，说如果两人都活着离开，就可以一起做更多的事，一起结婚，一起养小孩，毕竟我们连死亡都经历过了，应该就没什么好怕的了。

可现在，出现了比死亡更令人绝望的事情，我开始怀疑她是不是真的存在过。

这两天发生的事都超过了目前我所能理解的范围，如果我是一个精神分裂症患者，那一切就能说通了吧，秋白只是我大脑幻想出的一个人物，只有我才能看得到。

这时，一个护士走过来叫住了我的名字："宅斯，跟我来，齐医生要给你做进一步诊断。"

我瞄到了她胸口的牌子："康宁病院"。

这是当地一家精神病院，我果然是得了精神病吗？我跟着护士来到了齐医生的诊室。

齐医生是一个满头白发看起来比较仙风道骨的老人，我坐在他对面的凳子上，感受到了极强的压迫感。有一点比较奇怪，屋子里没有任何电子设备，座机电话都没有，墙上的始终都是老式的机械时钟，进来时，我的手机也被护士收走了。

齐医生先开口说话了："从昨天开始到现在，你有没有遇到什么奇怪的事？"

"奇怪的事？有，我女朋友，秋白，我明明记得有这么一个人，可刚才突然消失了，朋友们也貌似不知的她的存在了。"

"嗯，妄想症，还有其他的吗？"

我感到奇怪，我刚才说的事应该是蛮严重的，可说出来后，医生的表现很淡定，好像是这件事情他老早就知道了，他想我说出其他的事。

可我女朋友消失是刚刚发生的事啊。

他想让我说出什么？

难道是昨天夜里，那条奇怪的朋友圈动态，我昏迷了 20 年，我一直活在梦里，这种鬼话我以前是一个笔画都不会信的，可现在我不得不重新思考一下了。

"你的病情比较严重，你有没有对现在的世界观产生一些颠覆性的认知，比如，怀疑自己来自别的世界。"医生接着问。

"没有。"我紧张地摸着自己的手臂，"对了，齐医生，房间有点暗，能不能把窗帘打开，透点光。"

我变得跟秋白一样，一紧张就想到有亮光的地方去。

医生拉开窗帘，我坐在座位上，眼睛瞄向窗外。

突然，我在窗外两栋大楼之间看到了一块户外电子广告牌，上面白底黑字写着几个大字："这里是 double D"。

紧接着电子屏幕上投放了一张照片，一个男人和一女人依偎在一起的合照，正是我和秋白，这是我最喜欢的一张合照，我曾经把它用作头像。

我激动地跑到窗户边上，盯着那张照片，眼窝一热，流下了泪。

随后我又坐回到位子上，眼神犀利地盯着齐医生："我不相信我有妄想症，是不是你们把秋白藏起来了。"

齐医生依然很冷静，他说："我是医生，我的职责就是对你的生命负责任，我不会害你的。"

"我没办法相信你，我胳膊上还有上次旅游被困时，秋白为了唤醒饿晕的我，在我胳膊上留下的咬痕。"我撸起袖子盯着他说，"快告诉我秋白在哪里，你们这样做的目的又是什么？"

"为了救你。"

"为了救我？秋白她不是坏人，况且我和你们没什么关系，我用不着你救。"

齐医生站起身来："宅斯，我看着你长大，20年，从小孩到大人，在这个世界里，我比任何人都了解你，现在是时候该告诉你一些事情了。"

齐医生走到墙边的书柜上，小心翼翼地拿出一摞发黄的笔记本，像摆放自己的传家宝一样慢慢地摊在地上："这是你从小到大的资料，你的成长道路这么顺风顺水，少不了我们几个老头子在小房间里瞎琢磨。"

我低头翻阅那些笔记本，发现这20年来，我所有经历的事情，升学、吵架、初恋、打架，都被画成了分镜头剧本记录在了上面，但是我翻遍了所有笔记本，都没有翻到我和秋白的部分。

齐医生继续说着："没错，这20年，你一直活在梦里，你在大约6岁的时候，在马路上被一辆摩托车撞翻，经抢救，保住了生命，却永远陷入了昏迷。你的思维很活跃，但却醒不过来，变成了植物人，那个时候你才6岁啊。医生担心这样睡下去你脑中的意识最终也会消失，变成真正的植物人，完全失去苏醒的可能。于是他们引入了最新的治疗方案。医生在你的脑中制造出了完美的梦中世界，让你在这里面继续生活，直到等到新的治疗手段将你救醒。"

听完这些话后，我蒙好一会儿，几秒钟之后，我冷静了下来，问道："如果你说的都是真的，那你又是谁，秋白又是怎么回事？"

齐医生说："其实在现实中，还有一个齐医生。你的主治医生就是齐医生，你昏迷时，他已经60岁了，他复制了自己的意识，也就是我，进入到你的睡梦中，负责稳定你的生活，还有作为枢纽，给两边传送数据。我的使命，就是保护你，让你在这里安稳平静地生活下去。这是现实中的齐医生五年前去世时，给我下达的最后指示，因为如果你在这里出了任何意外，你就会彻底死亡，齐医生十几年的努力就会白费了。"

我："所以现实中的齐医生死了，你就和现实生活失去了联系，这五年来，梦境世界一直都是你独立打理。"

齐医生："是啊，他死后，这个项目就没人跟进了，一直都是我默默打理，渐渐地开始力不从心了。秋白就是一个例子，我的设计里本应没有她，可她就偏偏突然空降在了你的梦境里，还变成了你最重要的那个人。起初我看你过得比以往还要开心，我就一直默默观察，没有管，直到她把你带去旅游，甚至被困在了山洞里，出现了生命危险，我才开始调查她。后来发现，她和我一样，是被安插进你的梦中的。后来我发现她和近期出现的'double D'有接触，正好证实了我的猜测。"

我打断了他："你怀疑秋白是坏人，她会搞死我，所以就把她藏起来了，抹掉她在这个世界里存在的痕迹，然后谎称秋白是我幻想的人物，让我彻底忘掉她，继续安稳地活在这里，这就是你的治疗方案是吗？"

齐医生笑了一下说："我是这么打算的，但有一点，秋白并不是我藏起来的，她消失的原因，我也不知道，可能和double D有关。"

我又蒙了，我以为我搞清楚了这些问题，就能找到秋白，可现在的情况又让我捉摸不透了。甚至我现在都不知道应该相信面前的齐医生，还是double D。

我突然想到了什么，对齐医生说："我昨天收到了double

D 发来的图片，他说他是新治疗方案的医生。"

听到这里，齐医生愣了一下，他坐回到座位上，抚摸着面前的那几卷笔记本："这个，我也不是很清楚，毕竟，现实中的齐医生已经去世五年了，我也五年没有和现实世界联系了。这五年，那边可能发生了很多事，研究出了新的治疗手段也说不定呢，只是……"

我："只是什么？是不是我如果醒了，你存在的意义就没了，你就会消失？"

齐医生："我倒是无所谓，我因你而生，如果你真的苏醒了，我的使命也就完成了。我担心的是，新的治疗方案是否安全可靠。因为你的意识世界很脆弱，如果过程中出现了意外，你可能会没命，这样，我们十几年的努力就白费了，这是我最不愿意看到的。"

我："double D 有找过你吗？"

齐医生眼神暗淡了许多："我能感觉得到，这个人无时无刻不在观察我，但是他没有出面和我沟通，我也理解，毕竟我只是一个旧的医疗产物，早该淘汰的，他没必要找我。"

仅仅不到两天的时间，我的世界观就得到了重塑，我活在梦里，这里的一切都是面前的齐医生一手策划的，除了秋白。

对齐医生来说，最重要的是我要好好在这里活着，或者成功醒过来。但我已经在这里生活了这么久，醒不醒过来都无所谓，对我来说，最重要的，就是秋白，我想搞清楚她现在到底在哪，安全吗？

还有一件事，我如果醒过来，是不是就永远见不到秋白这个人了?

　　齐医生好像看出了我的心思，他说："一般来讲，对昏迷很长时间的病人来说，他能否苏醒，绝大部分取决于他自己意识上的意愿。你这种想法，我能理解，但并不建议，毕竟这里只是梦里，你该醒过来了，现实中，你应该26岁了，也是大好年纪了，但……"

　　齐医生欲言又止，我示意他有什么说什么，反正都到这个时候了，我什么都能接受。

　　齐医生叹了口气说："20年了，你的意识已经完全适应了这个梦境世界，如果想要醒来，过程肯定是十分痛苦。你的肉体或者是精神意识，必须要受到毁灭性的打击，你才可能脱离梦境世界，完成苏醒。但是，这个过程是很危险的，万一撑不住，你就会死在梦境世界里，现实中，你也会死去，除非……"

　　我："齐医生，有话一次性说完好不好，刚才一个但是，现在一个除非，我很急的。"

　　齐医生："抱歉，那我继续说了，当你的精神经受了毁灭性的打击之后，感受到了绝望的同时又萌生出了强烈的苏醒欲望，这样你才能够成功苏醒。"

　　我坐回到座位上，小腿因为紧张开始不规律地上下抖动："不管怎样，我只想找到我的秋白，齐医生，你真的不清楚她的来历吗？"

　　齐医生叹了口气："我该告诉你的都告诉你了，秋白，我会着重调查的，还有那个double D有消息我会通知你的。我建议你不要心急，在我调查结果出来之前，最好不要理double D，我怕你出意外。"

"好吧。"

从齐医生那里出来，走到繁华的街道上，当我知道这一切都是假的的时候，做什么都提不起兴致来了，尤其是身边没了秋白的陪伴。

现在回顾起我这 20 多年的人生，发现前十几年的记忆果然十分模糊，像是观众看了一部很长的电影，直到秋白的出现，我的记忆开始逐渐清晰了起来，我们都变成了这部电影的主角。

我能感觉得到，在这个世界里，其他人都是虚假的，只有她是真实存在的。

我摸着手臂，突然发现，她的咬痕也跟着消失不见了。

我慌了。

现在我最希望的是 double D 能赶快和我联系。

果然，我经过一个玻璃橱窗时，令我震惊的景象出现了。

玻璃里反射的影像很奇怪，并不是倒映出拥挤的街道，而是一个白色的房间，正中间有一个玻璃罩，里面躺着一个年轻人，这个人的相貌和我一模一样。

仅持续了几秒钟，影像又恢复成了拥挤的街道，通过玻璃橱窗，我看到商店里面的电视墙中其中一台电视突然变了画面，其他的电视都在播放色彩鲜艳的歌曲 MV，只有这台电视画面突然变黑。几个字符在上面不断跳动，而店铺的工作人员还在若无其事地擦着电视。

电视里最终出现了这样一句话："把手机掏出来——double D。"

我掏出手机。

发现手机不知何时，已经被连接上了秋白的视频通话，而那边却一片漆黑，显然的，手机还在秋白的口袋里。

我没理睬其他人的眼光，对着手机激动地大喊秋白的名字。

秋白听到了，我看到对面的画面有些抖动，紧接着我看到了熟悉的街道，秋白也在这里！

秋白举着手机，下一秒她就哭了："宅斯，我找了你一天，你的同事都说没你这个人，我就知道他们是在骗我，你在哪里啊，我好想你。"

我试着安抚她："我同事就爱开玩笑，你别急，你是不是就在我们经常逛的这条街里，你看，我也在，你是不是还在电影院门口那个超亮的路灯底下等着我呢，别动哈，我这就去找你。"

"嗯，你快来。"秋白抿着嘴，擦了擦眼角的眼泪。

一个围着围巾的小女孩单手插口袋走到路灯下拉了下她的衣角，递给她一只棒棒糖说："那边一个叫宅斯的拜托我送过来的，快拿走，我挺忙的。"

手机屏幕中的秋白欣喜若狂，我也对她笑了笑。

我现在离那个路灯不到一百米，可我并没有看到她的人影。手机视频显示她就在那里，别人都能看到我们俩，可我们双方就像相互屏蔽了一样，看不到对方，只能通过手机才能看到她的身影。我朝秋白的方向走去，从她的视角来看，只能看到无数路人都在躲避一个空气，我不知道过去后，该怎么给她解释这件事情。

这个时候，一个陌生的号码给我打来了电话。

我让秋白稍微等一下，随后点了接通。

是齐医生打来的，他的语气十分着急："不要接触秋白。"

"什么？不是，为什么呀，现在她就在我面前。"

齐医生深吸一口气继续说："秋白也是在现实生活中瘫痪了很久的人，double D 正是负责她的医生。"

"什么？"

"我之前很奇怪，我创造的梦境世界明明没有这个人，她是怎么出现的，现在我终于明白，是 double D 想借助你的梦境世界，把秋白的意识放进来，进而完成她的治疗。你，和你所处的梦境，已经变成了秋白的'医疗设施'，现在秋白的意识已经处于有一部分脱离了梦境，进入游离状态，所以你们才会相互看不见对方。还有，double D 的下一步治疗行动一旦开始，她就会永远消失在你的梦境世界，然后在现实世界里苏醒。这步治疗行动可能会对你有危险，你可能会死掉。"

电话挂掉，我又待在了街上，我不知道接下来到底该怎么办。如果齐医生所说的是真的，那么我是挺想她苏醒到现实世界中去的，如果我也跟着一起苏醒，那就再好不过了。

"喂，宅斯，你怎么又愣住了，是昨天的电伤还没好彻底吗？"

"没有没有。"

这时，手机突然显示电量过低，只有不到百分之十的电量。如果不出意外的话，这次通话可能是最后一次见面，因为不知什么时候，秋白就会突然苏醒，永远消失在这里，我不想这次通话的时间这么短。

"你等我一下，我去店里买个东西。"

秋白点了点头。

充电宝，我朝路边的便利店跑去。

可，这明明是一个步行街，不知为什么，会突然冲进来一辆汽车，我被撞翻在地，眼睛被鲜血浸泡，视野一片鲜红。

手机完好无损，视频那一头，秋白不可置信地尖叫着。

我用尽最后一丝力气对她说："去吧，你要苏醒了。"

"你不要说胡话了好不好。"秋白哭着说。

"这一切都是噩梦，都是假的。"我说完这句话后，就再也没力气张开嘴巴了。

我看到的最后一幅画面，就是秋白站在路灯下，银白色光辉笼罩着她，最后慢慢消失在路灯下。

她终于苏醒了，可我们还没真正地好好见上一面呢，秋白，你在现实中也要幸福哦。

现实中……

一个透明玻璃罩外面，围着一圈人，最里面站着一个银灰色的风衣的男子，他的胸口上印着一行字母"double D"，正胸有成竹地背着手盯着眼前玻璃罩中沉睡的女子。

终于，这个女子眼角流下一行泪，咳嗽一声醒了过来。

玻璃罩打开，一对夫妇拥了过去。

"秋白啊，10年了，你可算醒过来了，我和你爸头发都等白了。"

秋白缓了几秒，然后像个小孩子一样，一下子扑向她母亲的怀里，哭了很久，才说出一句："妈，我做了个很长很长的一个噩梦。"

"没事，没事，都过去了。"她母亲不断安慰她。

double D 站在一旁微笑着看着这一幕，似乎没有任何事比此刻更有成就感。

"对了，这是把你救醒的医生，叫 double D。"母亲向秋白介绍。

秋白下床充满感激地和他握了握手："对了，你为什么叫'double D'呢？"

double D 微微抬起了下巴，似乎他一直在等这一刻，然后用自豪地语气说："'double'是英文里'双数'的意思，我给自己取这个名字，是因为我每次治疗，会救出两个人。"

"两个人？那除了我，另一个人是谁，我能见一下他吗？"秋白的眼神从震惊，逐渐变成了紧张，期待。

"当然，你肯定会想见的，他在十分钟前就已经苏醒了。"double D 笑着说，"他叫宅斯。"